薔薇の乙女は聖杯を抱く

花夜光

white heart

講談社X文庫

目次

薔薇の乙女は聖杯を抱く

登場人物紹介

Character Profile

女性《薔薇騎士《ローズナイト》》であり、《先視の声《ヴォイス》》。両親は亡《な》くなったと養父母から教えられ、牧《まき》之内《のうち》莉杏として育ち、義兄の遼に恋をしていた。だが、本当の両親は生きており、父は薔《ば》薇騎士団《らきしだん》の総帥ブルーノ、母はその妻の晶《あきら》だと知る。《不死者《アンデッド》》との闘いで、《不死者》の王を刺したつもりが、気づくとブルーノを刺していて……!?

《守護者《ガーディアン》》。陽気でフレンドリーで、女性に優しい。

《守護者》。凜《りん》とした雰囲気の、冷静かつ公正な心の持ち主。

《不死者》の王。完璧な美貌《びぼう》と謎の力を持つ。

莉杏を義兄として守っていたが《不死者》の仲間でブルーノを憎んでいる。《薔薇騎士》の証《あかし》である痣《あざ》を持つ。

《神の眼《ゴッドアイ》》。物静かな心優しい青年。

《判断する者《ジャッジメント》》。薔薇騎士団の重鎮で、ブルーノの友人。

《癒やす者《ヒーラー》》。莉杏の学校に養護教諭として赴任してきた過去がある。

……用語解説……

《薔薇騎士》ローズナイト

《不死者》を倒す能力を持つ。右手に痣を持つ。《薔薇騎士》は《薔薇騎士》からしか生まれない。薔薇騎士団の総帥になる資格を持つ。《薔薇騎士》が祝福すると《不死者》を倒す武器が生まれる。

《守護者》ガーディアン

人並みはずれた戦闘能力がある。左手に痣を持つ。《薔薇騎士》を守ることに命を賭ける。

《判断する者》ジャッジメント

事態が正しい方向に向かっているか判断する。うなじに痣を持つ。

《神の眼》ゴッドアイ

遠くのものを見ることができる。目もとやこめかみに痣を持つ。

《天使の耳》エンジェルイヤー

遠くの音を聞き分ける。耳に痣を持つ。

《癒やす者》ヒーラー

《不死者》に負わされた傷を治す。胸に痣を持つ。

《先視の声》ヴォイス

未来を視《み》ることができる。額に痣を持つ。滅多に現れない能力のため、薔薇騎士団でも伝説的な存在。

薔薇騎士団

《不死者》を倒すために創られた秘密結社。マルタ島に本拠地を置く。

《不死者》アンデッド

人間の血を吸い、死にいたらしめる。レベル1と2に区別される。レベル1は知能が低く、頭を砕けば死ぬ。殺した人間を《不死者》にすることはできない。レベル2は一見普通の人間と変わらず、簡単には死なない。レベル1の《不死者》を生み出すことができる。

イラストレーション／梨《なし》とりこ

薔薇《ばら》の乙女《おとめ》は聖杯《せいはい》を抱《だ》く

1　夜をさまよう

大丈夫、きっとやれる。

莉杏《りあん》は両手で短剣を握りしめて、自分に言い聞かせた。

《不死者《アンデッド》》は剣で刺せば、灰となって消える。強い力などいらない、ほんの少し刃先が食い込めば目の前で無防備に横たわって眠っている《不死者》の王を倒せる。

すべての元凶である《不死者》を――。

莉杏は力を込めて短剣を振り下ろした。

とたんに目の前の《不死者》から血が噴き出し、莉杏の顔や身体《からだ》、台座の上に飛び散った。あり得ない光景に莉杏は悲鳴を上げ、自分が刺した《不死者》を見つめた。

先ほどまでは確かに金色の長い髪をした《不死者》が横たわっていたのに、今は何故かそこに自分の父親がいる。莉杏の突き刺した剣を胸に受け、大量の血を流している。

「薔薇騎士団《ばらきしだん》の総帥を手にかけるとは素晴らしい」

自分が倒したはずの《不死者》の王、レオナルドが、いつの間にか莉杏の背後にいた。

レオナルドはうっとりした様子で莉杏の肩を抱き寄せた。

「私の花嫁にふさわしい。――父殺しのリアン」

レオナルドの声が莉杏の精神を破壊する。莉杏は大きな悲鳴を上げて、自分の両耳をふさいだ。自分のしたことが信じられず、何が起こったか理解できなくて、狂ったような悲鳴を上げた。

大切な人を殺してしまった！

父親であるブルーノをこの手で刺し殺してしまった！

――莉杏は自分の悲鳴で、がばっと身を起こし、目覚めた。全身汗びっしょりになって、息も荒く、震えが止まらない。視界に映ったのは、自分が寝ているベッド、暗い洞窟《どうくつ》の中のような岩に囲まれた部屋。そして、自分の足首に嵌《は》められた重い枷《かせ》。

莉杏はシーツを握りしめ、収まらない震えを止めようとした。

コツコツと足音がして、莉杏は膝《ひざ》を抱えて身を縮めた。振り向かなくても、ベッドの傍《そば》に一人の女性が立っているのが分かる。火のついた蠟燭《ろうそく》を揺らし、息を乱す莉杏を見下ろしているのだ。

「また悪夢でも見ていたのか。うんざりするほど弱っちい女だよ」

馬鹿《ばか》にしたような声で言って、女性がため息をこぼす。最初に会った時、女性はカーリーと名乗った。見た目は白人の二十代半ば、うなじの見える短い茶髪はウエーブがきつい。豊満な胸を見せつけるようなラインがはっきりしたTシャツに、ホットパンツを穿《は》いて太ももを露《あらわ》にしている。莉杏にとって肌寒いこの部屋も、カーリーには関係ない。――彼女は《不死者》だからだ。

莉杏が自殺を図らないように、カーリーはこの部屋の仕切りの奥にいつも控えている。

「レオナルド様もこんな女のどこがいいんだか。リョウにまで大事にされて……気に入らねーから骨の一本でも折ってやろうかな」

カーリーが屈《かが》み込《こ》んできて、莉杏の腕を強く摑《つか》む。莉杏は抵抗もせずカーリーにされるがまま、だらんとした状態でうつむいている。莉杏に何か武器があれば、カーリーを簡単に灰にできる。莉杏にはその能力があるからだ。けれど莉杏は何の反応も見せなかった。

「ちっ、つまんねー女だな」

カーリーは莉杏の反応に苛立《いらだ》ったように腕を放した。

レベル2の《不死者》であるカーリーは力が強く、莉杏はその勢いでベッドに投げ出された。人形のようにベッドに倒れた状態で動かなくなった。

またあの悪夢を見てしまった。

レオナルドと間違えてブルーノを殺す夢――あれが本当に悪夢ならよかったのに。

(父さん……)

莉杏は数日前の出来事を思い出し、涙で頰《ほお》を濡《ぬ》らした。未《いま》だにあの時の情景を思い出すと発狂しそうになる。父を、ブルーノを、自分が刺してしまった。

《不死者》との闘いで誰も犠牲にしたくなかった莉杏は、レオナルドの屋敷のベランダから身を投げてすべてを終わらせようとした。けれど《守護者《ガーディアン》》であるヒューゴに助けられ、彼の指示により《不死者》の眠る墓場にある空の棺《ひつぎ》に身を潜めたのだ。

目覚めた時、莉杏は台座の上で眠る《不死者》の王レオナルドを見つけた。チャンスと信じ短剣で刺すと、それは何故かブルーノの姿に変わった。

あの瞬間、莉杏の心は壊れてしまった。ずっと求め続けてきた本当の父親、愛するブルーノを手にかけた絶望は深く、心が何も感じなくなった。生きているのがこれほどつらかったことはない。いっそ死にたかったが、そんな莉杏の気持ちを見透かしたように、レオナルドは莉杏を必要最低限の物しか置かれていないこの部屋で監視下に置いている。食事は与えられていたが、食べると吐いてしまうので、何も口にしていない。もう何日食事をしていないだろうか。生きる気力を失った莉杏の身体は痩《や》せ細《ほそ》り、見かねたレオナルドが莉杏に点滴を施すようにカーリーに命じた。それすらも莉杏が拒否すると、意識を失っている間に栄養補給をされるようになった。

死ぬことすらできない。

涸《か》れ果《は》てたと思った涙がまたこぼれてきて、莉杏は胸が苦しくなった。莉杏の監視役のカーリーは、はすっぱな口調の《不死者》だ。レオナルドに命じられ嫌々莉杏を見張っている。カーリーが自分を殺してくれたらいいのに。

このまま自分は死ぬこともできず絶望の淵《ふち》にいるしかないのだろうか。

莉杏の嘆きに応《こた》えるように、どこからか靴音が響いてきた。カーリーがハッとしたように顔を上げると、仕切りまで下がる。

この屋敷の廊下は石造りの床だから、靴音がよく聞こえる。莉杏には靴音の正体がレオナルドだと分かっていた。カーリー以外でこの部屋に来るのはレオナルドだけだ。少しずつ近づく靴音が、莉杏の部屋のドアの前でぴたりと止まる。ドアのきしむ音。

「リアン……入るよ」

背筋がぞくりとするほど甘くて冷ややかな声が聞こえる。莉杏は侵入者の顔を見ないように目を閉じた。憎くて顔を見るのも汚らわしい相手だ。自分に力があれば、この男の息の根を止めてやるのに。想像だけならとっくに一万回はこの男を殺していた。

私には力がない。無力だ——そう思い知らされるたび、死にたくなる。今の自分には死を選ぶことさえできないというのに。

「また食事をとらなかったのかい。いけない子だね」

テーブルの上の手をつけていないサンドイッチに気づいて、男がおかしそうに小さく笑う。莉杏が食事をしないと分かっているのに、カーリーは毎日食事を運んでくる。レオナルドは莉杏のささやかな抵抗が面白いのだろう。きっと赤ん坊がむずかって泣いている程度にしか思っていないに違いない。

コツコツと足音をさせて、ベッドにレオナルドが近づいてくる。

莉杏は自分を守るように身体を丸めた。

ぎしりと音がしてベッドにレオナルドが腰を下ろしたのが分かった。莉杏の着せられている赤いベルベットのドレスの裾《すそ》に、レオナルドが触れる。莉杏は自分の身体がわずかに震えたのを恥じた。憎悪で殺せそうなほど憎んでいるのに、憎しみよりも恐怖心が勝ってしまうのだ。レオナルドに抗《あらが》えない自分を知っているせいだ。

「人間は面白いね。数日食事をしなかっただけで、ほらこんなに痩せて。君の細い腕は少し力を込めただけで折れそうだ」

レオナルドの冷たい手が莉杏の腕に触れる。レオナルドは滑らかな肌の感触を楽しむように莉杏の二の腕から手首まで辿《たど》る。レオナルドが屈み込んできたせいか、肌にさらりと髪の毛が落ちる。金の美しい糸が莉杏の腕にかかったのだ。莉杏は目をぎゅっとつぶり、唇を嚙《か》んだ。

レオナルドの手が軽く莉杏の腕を掴む。それだけで莉杏は震えが収まらなくなる。

「震えているね、可愛《かわい》い人。私が怖いの？」

レオナルドが楽しそうに笑んで、莉杏の背中に唇を押しつけてくる。ドレスは背中の部分が大きく開いていて、男の冷たい唇の感触にピクリと反応してしまう。

憎くてたまらない相手なのに、莉杏は無意識のうちに震えている。そんな自分がたまらなく嫌なのに、植えつけられた恐怖心が莉杏を怯《おび》えさせる。

「私が君の身体に痛みを与えているせいなのかな」

まるで莉杏の心を見透かしたように、レオナルドが艶《つや》やかな声を立てて笑った。

「大丈夫、君の美しさはみじんも損なわれていない。これは愛の証《あかし》だよ、リアン」

レオナルドの指が莉杏の背中を辿る。屈辱に耐えていた莉杏は、レオナルドの指が背中から離れるとわずかにホッとした。そんな莉杏を嘲笑《あざわら》うように、男がふいに莉杏の肩を摑み、ベッドに仰向けにした。

反射的に目を開けてしまい、莉杏は自分を見下ろすレオナルドを直視してしまった。病的に白い肌に赤い唇、人形のように整った顔、波打つ見事な金髪が莉杏にかかってくる。

赤い唇から覗《のぞ》くのは、白い牙《きば》――彼は《不死者》の王だ。

莉杏はキッとレオナルドを睨《にら》みつけた。

「リアン、君の目に憎悪がたぎるたび、私の心は歓喜で震えるよ。人として生きていた頃を思い出すんだ。生命をなくしたはずの私の心臓が、君といると動きだすようだよ」

レオナルドは瞳《ひとみ》に興奮した色を浮かべ、莉杏の頬を撫《な》でてきた。レオナルドが顔を寄せてくるのに嫌悪を感じて、莉杏はその身体を突き飛ばそうとした。

「私に触らないで!!」

莉杏は怒りにまかせて叫んで暴れた。弱った身体で、覆い被さってくるレオナルドから少しでも離れようと抗った。けれど莉杏の抵抗などレオナルドにとっては子どもの遊びのようなものだ。すぐに顎《あご》を捉えられ、冷たい唇が莉杏の唇を奪う。

強烈な怒りが湧《わ》き、莉杏はレオナルドの唇を思いきり噛んだ。レオナルドが驚いたような顔で身を離す。

「私が痛みなど感じないことを知っているだろうに……。無理やりにでも君のすべてを奪ってしまいたいが……」

レオナルドは莉杏の乱れた髪を梳《す》き、間近で見つめながら囁《ささや》いてきた。莉杏は唇を手で拭《ぬぐ》いながら、憎々しげにレオナルドを見た。

「無理強《むりじ》いはしないよ。リアン、君には分からないだろうが、私はね、本当に君を愛《いと》しく思っているんだよ」

レオナルドは莉杏が感情を露にすることをひどく喜ぶ。

「私の聖女。――君は自分の価値をどれくらい理解しているのかな」

謎《なぞ》めいた言葉を耳朶《みみたぶ》に被せ、レオナルドが莉杏の腕を引っぱった。

「さぁリアン。しばらくの間、君にはまた眠っていてもらおう」

レオナルドの目が赤く光る。見てはいけないと思い顔を背けたのに、顎を掴まれ、目を開けさせられた。

また今夜もあの苦行が始まる。

背中に焼けつくような痛みが走ると、やがて莉杏の意識は朦朧《もうろう》とし始めるのだ。レオナルドが何をしているのかは分からない。ただ背中が無数の針で刺されたように、ひどく痛み始める。意識が混濁して、再び目覚めた時には、奇妙な気怠《けだる》さと背中に異様な残熱を感じる。何かが起こっているのは確かだ。けれど、レオナルドは何をしているのかいっさい明かさない。

死ぬことが叶《かな》わないなら、せめてここから逃げ出さなければ。

莉杏は意識が薄れていく中、もがくように自分の足枷を引っぱった。けれど鎖が重たげに揺れて、音を立てただけだ。

「いずれ君は私を愛するようになる。リアン、君は私の大事な花嫁だ」

レオナルドの冷たい手が頰を撫でる。遠くなる意識の中、厭《いと》わしげにレオナルドの手を振り払った。


目が覚めると、レオナルドの姿は消えていた。

莉杏はベッドの上で身じろいで、背中に残っている違和感に顔を歪《ゆが》めた。この部屋には鏡がないので、背中がどうなっているのか分からない。カーリーに背中がどうなっているのか聞いたこともあるが、嫌そうにさぁねと答えるだけで教えてくれなかった。

　莉杏はため息をつき、天井を見上げた。天井を見るたび、絶望する。この部屋の天井は岩なのだ。莉杏は洞窟のような場所に閉じ込められている。床こそ石のタイルが敷き詰められているが、天井は岩で、窓はなく光は差し込まない。むきだしの岩の壁の一部に木の扉がつけられていて、そこが唯一の出入り口だ。洞窟は《不死者》の隠れ家に違いない。初めて目が覚めた時からずっと右手の薔薇の痣《あざ》が熱を発している。莉杏の右手の痣は《不死者》がいると熱くなるのだ。

（皆、どうなったのだろう）

　フレッドや昴《すばる》、夏目《なつめ》、薔薇騎士団の人たちが、学校で攫《さら》われた莉杏を助けるためレオナルドの屋敷に駆けつけてくれた。彼らは無事だろうか？　ブルーノが捕らえられたことを思えば、ほかの人たちが無事とは思えない。まさか皆――不吉な考えが浮かび、莉杏は涙ぐんだ。

「ピエロ……答えて、私に話しかけて」

　莉杏は神に祈るように呟いた。

　ピエロはあの日以来、莉杏に答えない。今こそ道を示してほしいのに、何度呼びかけてもだんまりを決め込んでいる。

「ピエロ、私の声が聞こえないの……？」

莉杏は涙を滲《にじ》ませて、かすれた声を上げた。答えが返ってこないことに絶望し、ベッドに伏せっていると、カーリーが近づいてくる。

「あんたさぁ、時々ピエロって呼んでるけど、何それ？　日本語はそんな得意じゃねーんだ、ピエロって誰だ？」

カーリーは莉杏の呟きが気になっていたらしい。莉杏はカーリーの疑問に答えるつもりはなかった。無視する莉杏にムッとしたのかカーリーがベッドを蹴《け》り上《あ》げる。木製のベッドの脚にヒビが入った音がした。

「おっと、やっべぇ。このベッド、脆《もろ》いぜ。生意気に無視しやがって。レオナルド様に報告してやる」

カーリーは慌てたように破損した箇所を見て、そそくさと仕切りの奥へ戻っていった。レオナルドに報告と言われて、一瞬しまったと思ったが、よく考えてみればピエロは莉杏の夢の中の人物だ。いくらレオナルドでも夢の中の人物は殺せない。そう思い直して莉杏は腕で顔を覆った。

絶叫が聞こえて、莉杏はびくりと肩を震わせた。

時間の流れが感じられないこの場所では、時々心まで凍えるほどの恐ろしい叫び声を耳にする。何が起きているのか分からないので、不安と恐怖心は増すばかりだ。

莉杏は相変わらずベッドに横たわり、ほとんど動かなかった。廊下から足音が聞こえてくる。足音は莉杏のいる部屋の前で止まり、ドアが静かに開いた。

レオナルドは白いシルクのシャツに黒いズボンという姿で、波打つ金髪を無造作に垂らしていた。

「カーリー、外へ」

レオナルドはゆっくりと莉杏に近づいて、カーリーを部屋から追い出した。ベッドに腰を下ろしたレオナルドの袖口《そでぐち》に血がついているのが見えて、莉杏はぎくりとした。

「その血は誰の……？」

莉杏が怯えて聞くと、レオナルドは肩を揺らして笑った。

「食糧庫の人間の血だ。私が永遠の命を与えてやろうとしたのに、拒む者がいてね。少し手荒な真似《まね》をする羽目になってしまった」

何かを思い出したのか、レオナルドは目を細めて唇の端を吊《つ》り上《あ》げる。永遠の命という言葉のおぞましさに、莉杏は唇を噛んだ。どうしても黙っていられず、レオナルドを睨みつけてしまう。

「《不死者》になりたい人なんているわけない、傲慢《ごうまん》だわ」

莉杏が吐き捨てるように言うと、レオナルドは莉杏に身を寄せてきた。

「レベル2の《不死者》を生み出せるのは私だけだ。それゆえに、私は《不死者》の王と呼ばれている。私が血を吸いつくせば、人間は若さを保ったまま新たな存在に生まれ変われる。だが、確かに永遠の命ではないね、君のような《薔薇騎士》《ローズナイト》に斬《き》られたら、《不死者》は灰となって消えてしまうからね。しかし私が傲慢だというなら、同じように《不死者》を灰にする君も傲慢だろう。我らは人間の血を糧とするが、意志もあるし、感情もある。立派な生き物だよ。君は、彼らを殺すことに良心の呵責《かしゃく》は覚えるのか？　むしろ正義を行った気分でいるんじゃないか？」

莉杏はどきりとした。

《不死者》を倒す時にそんなことは一度も考えたことがない。彼らは怪物で、倒すべき存在だ。そう思ってきた。

「――《不死者》は人を襲う悪魔よ」

莉杏が顔を歪めて言い返すと、レオナルドはふっと肩をすくめた。

「人間は牛や豚、鶏を殺して食べるだろう。同じように私たちが人を食《く》らうことに、何故嫌悪を示す？　リアン、私は君に薔薇騎士団の間違った解釈を信じてもらいたくないな」

レオナルドは流暢《りゅうちょう》に言葉を操り、莉杏を困惑させた。

薔薇騎士団の解釈が間違っている？　そんなふうに考えたことはなかった。レオナルドの言葉を聞いていると何かが揺らぎそうだ。この男は莉杏に父殺しをさせた憎むべき相手だ。まともに相手をする必要はない。

「あなたの意見なんて聞きたくない。さっさと私の血を吸って《不死者》にすればいいじゃない！　そうしたら私はすぐ《薔薇騎士》に殺してもらうから」

莉杏は自分の両耳をふさぎ、声を荒らげた。レオナルドは莉杏の血を吸おうとしない。何故血を吸わないのか、その理由が分からなかった。花嫁と言っていたけれど、本気なのだろうか？

レオナルドは莉杏をここに閉じ込めて何をしようとしているのだろう？　《不死者》にするわけでもないし、莉杏の身体を貪《むさぼ》るわけでもない。目的が分からなかった。分かっているのは、……背中に何か施しているということだけだった。背中がどうなっているのか、想像するだけで言いようのない不安に囚《とら》われる。傷つけられているのだろうとは思う。でも触っても傷跡らしきものはない。

「リアン、私は君を《不死者》にするつもりはない」

レオナルドは立ち上がると、はっきり言った。レオナルドは宝石のような瞳で莉杏を見つめる。その瞳が赤く光っていないのを確認して、莉杏はいぶかしげに聞き返した。

「どうして……？」

《不死者》の集団の中に連れてきて監禁しておきながら、莉杏を《不死者》にするつもりはない？　莉杏には意味が分からなかった。レオナルドは何を考えているのだろう？

レオナルドは莉杏の前に立つと、そっと手をとってきた。冷たい手が莉杏の薔薇の痣を撫でる。

「この肌の下には熱い血潮が流れている。こうして触れると、私は抑えきれない興奮を感じる。君は知らないだろうけれど、私は君と近づくたびに君のその白い首に牙を立てたい衝動に駆られるんだよ」

レオナルドは莉杏の首に唇を近づけた。莉杏が身をすくめると、もう片方の冷たい手で莉杏の頰を撫でる。

「私が《不死者》になってもう何百年もの時が過ぎた。その間、私は一度も我慢などしなかった。どんな女性でも、男性でも、子どもでも、生まれ落ちたばかりの赤子でさえ、その血が欲しいと思ったら、牙を立てた」

レオナルドが優しげと言っていいほどの目つきで語り始め、莉杏は身体を硬くした。何百年……というのは本当だろうか？　この男はどれくらいの時を生きているのだろう――。

「けれど、君にだけは、この衝動を我慢している。自分の欲望を抑え込み、君を人間のまま生かそうとしている。我ながら、驚きだ。この私が、人間の血を吸うのを抑制するとはね。だが、悪くない。君のために我慢することが、私の鳴らない心臓を動かしているようだよ。ぞくぞくする……」

レオナルドの言っていることは意味が分からなかったが、莉杏は漠然とした恐怖を抱いた。レオナルドは何故それほど我慢して莉杏の血を吸わないのだろう?

「理由を教えて」

莉杏はレオナルドから手を抜こうとした。しかしレオナルドはしっかり莉杏の手を握り、逆に抱き寄せられてしまう。

「理由か。それは君が私に新たな力を与えてくれる聖女だからだ。私は君に愛されたい。そして聖杯を手に入れてみせる」

レオナルドの口から聞き慣れない言葉が出てきて、莉杏は戸惑った。

「ああ……君は幼い頃の記憶がないんだったね。君を巡ってあまたの男が闘うというのに、肝心の聖女が何も知らないとは。すべては君の預言から始まったというのに。それこそ天の配剤か」

レオナルドが唇を歪めた。

何のことかまったく分からなかった。けれど薔薇騎士団の屋敷で、《判断する者《ジャッジメンー》》のミカエルに剣呑《けんのん》な雰囲気で「自分が預言したことについて覚えていないのか」と聞かれたことを思い出した。ブルーノも、莉杏が三歳の頃、重要な預言をしたと教えてくれた。

『君を欲しがる男がたくさん現れるだろう。何故なら、君は盃《さかずき》を満たす少女』

ピエロも謎の言葉を告げた。

ひょっとしてレオナルドが莉杏の血を吸わないことと、ここに閉じ込めている理由は関係するのではないだろうか？

「私は小さい頃、何を言ったの？　あなたは何を知っているの？　聖杯って、何……？」

莉杏は不安と恐れの入り交じった表情で、レオナルドに尋ねた。レオナルドは一度は口を開いたが、思い直したように莉杏の手を離し、再びベッドに腰を下ろした。

「教えてあげてもいいが、代わりに私の質問にも答えてほしい」

レオナルドは探るような視線で莉杏を見上げて言った。微笑《ほほえ》んでいたレオナルドの顔から表情が消えて、莉杏は緊張した。レオナルドは無表情になると、ひどく冷たい顔になる。

「何……？」

おそるおそる聞き返すと、レオナルドが長い足を組んで首をかしげる。

「カーリーから聞いた。ピエロとは何者だ？　君は何度もピエロに呼びかけているらしいね」

莉杏は目をそらした。ピエロが何者なのか、莉杏だって知りたい。

「…………」

莉杏は唇をぎゅっと噛んで、顔を背けた。レオナルドは興味を持ったように身を乗り出してくる。

「私は君のことなら何でも知っている。リョウに報告させてきたし、それ以外にもいろいろ調べているからね。けれどピエロという単語はこれまでどこにも出てこなかった。誰かのニックネームのようだが、一体それは誰だ？　君が助けを乞《こ》う相手だ、とても興味があるね」

自分のことを遼《りょう》が報告していたなんて、信じたくなかった。遼は本当に監視者として莉杏の傍にいたのだ。何もかもを暴き立てられたようで、悔しくてたまらない。けれどピエロのことは誰も知らない。遼にさえ話してこなかった秘密だからだ。

ピエロのことを聞かれても、莉杏には何も話すつもりはなかった。ピエロはずっと自分の心が作り出した空想上の人物だと思っていたが、今は本当に存在すると莉杏は思っている。どうやって自分の夢の中に現れるかは分からないが、ピエロはきっと実在する。そうでなければ莉杏が知りえない事実を語れるはずがない。

「……私、ピエロなんて知らない」

莉杏は思いあぐねた末に、小さな声で呟いた。レオナルドのこめかみがぴくりと動く。レオナルドから情報を得たい気持ちは強かったが、ピエロのことは話したくなかった。だから莉杏は、知らないふりをすることを選んだ。

「カーリーの聞き間違いよ。私は何も知らない」

莉杏はそっぽを向いて、うそぶいた。するとレオナルドがいきなり立ち上がり、莉杏の腕を引っぱった。びっくりして体勢を崩すと、レオナルドが冷酷な眼差《まなざ》しで莉杏を見下ろしていた。情のかけらもないその眼差しに、莉杏は本能的な恐怖を覚えた。摑まれた腕に力がこもって、莉杏は痛みに低く呻《うめ》く。レオナルドは加減をしているようだが、《不死者》であるだけに、少し力を込められただけで骨が折れてもおかしくなかった。

「……こういう感情を味わうのは久しぶりだ。苛立ち、というのかな。君が私の思い通りにならなくて、私の感情が波立っている。面白いね、じつに面白い。私の周りには、私の言いなりになる奴しかいないから、こういう気持ちは新鮮だ。君といると、忘れていたさまざまな感情が引き出されるよ」

レオナルドは酷薄に微笑み、莉杏の目をじっと見つめた。

「君を力ずくで従わせたいと願う自分と、君を自由にさせたいと願う自分がいる。この矛盾した感情こそ、私が焦《こ》がれていたものだ。リアン、今すぐ君の血を吸いたい」

レオナルドは興奮したように口走り、嫌がる莉杏を抱きしめ、首筋に顔を埋《うず》めてきた。鋭い牙が肌に食い込み、血を吸われる——と一瞬、覚悟した。どんなに強がっても《不死者》になるのは嫌で、身体が震える。息が止まり、指先がわなないた。だが、レオナルドは莉杏の首筋に牙を押し当て、震える吐息をこぼしただけだった。

「とても危険だ。……少し冷静にならなければ」

レオナルドは珍しく莉杏の肩を乱暴に引きはがすと、苦しげな声でそう言って背中を向けた。そのまま、長い金髪をなびかせて、部屋を出ていく。莉杏は緊張から解放されて、床にぺたりと膝をついた。

本当に血を吸われるかと思った。

莉杏は冷や汗の滲んだ額を拭い、激しく鳴る心臓の音を厭った。レオナルドはその気になれば、一瞬で莉杏を別の存在に変えてしまうことができるのだ。改めて思い知る。

(幼い私は一体何を言ったの……？)

レオナルドが消えた空間には、まだ彼の存在が残っていた。このまま戻ってこなければいいと思ってドアのほうを見ていると、再び絶叫が聞こえてきた。思わずびくりとして立ち上がり、莉杏は叫び声がした方向を凝視した。

ドアが静かに開いて、再びレオナルドが入ってくる。その首元や白いシルクのシャツに赤いものが点々と散っている。極めつけはレオナルドの唇だ。赤いもので濡れている。

「君が私を煽《あお》るから、一人殺してしまったよ。空腹だったわけではないからね、ある程度吸ったら食糧庫に放した。あそこにはレベル1の《不死者》が押し込められているから、骨さえ残さず食ってくれる」

レオナルドに目を細めて囁かれ、莉杏は動揺して一歩後ろに退いた。人が一人死んだ？

レオナルドは冷静になるために人間の血を吸ったというのか？

「わ、わ……私の、せいじゃない……」

自分の責任ではないと強い口調で言いたかったが、舌がもつれて足がよろけた。そんなつもりじゃなかった。質問を突っぱねただけでレオナルドが誰かの命を奪うなんて思わなかったのだ。

「君のせいだよ。君が私の質問に素直に答えないからだ。ふふ、そんな絶望的な表情をして。死にたくなった？　君は逃避思考が強いから、あまり追いつめると危険かな。でもね、リアン。君は死ねない。もし君が自殺を図ったら、食糧庫の人間を連れてきて、君の前で血を吸ってあげよう。どう？　君もきっと気に入る」

レオナルドの美声が莉杏の心臓をえぐるように傷つけた。自分のせいで誰かが死ぬなんて耐えられない。

「それとも薔薇騎士団の誰かを捕まえてきて、《不死者》にしてやろうか。リョウに命じれば、喜んで連れてきてくれるに違いない。彼は《薔薇騎士》の能力を持っている。《薔薇騎士》の言うことには、《守護者》は従わざるを得ない……そうだろう？　君を守っていた、あの金髪と黒髪の青年……《不死者》になったら私の手足となって働いてくれそうだ」

レオナルドは遼が《薔薇騎士》だと知っている。知っていて部下にしている。《守護者》は《薔薇騎士》の命令に抗えないから、遼が《守護者》を捕らえるのは簡単かもしれない。《守護者》であるフレッドと昴が《不死者》になったら——そんなことはあってはいけないと莉杏は真っ青になった。

レオナルドは自分の言葉の一つ一つが莉杏を追いつめていることを喜び、微笑を浮かべ、近づいてきた。莉杏は立っていられなくなって、床に倒れ込んだ。

「どうして……？」

莉杏はかすれた声でレオナルドを見上げた。

「どうして、そんなひどいことをするの……？　私が、《薔薇騎士》だから……？《先視の声《ヴォイス》》の能力を持っているから？　でもそんなの私が望んだものじゃない、私に利用価値なんてない……、未来なんて分からないのに……」

泣きながら莉杏が唇を噛むと、レオナルドがくっと肩を揺らした。

「君は自分の価値を分かっていない。《先視の声》の能力も、《薔薇騎士》の能力も素晴らしいものだ。だが、それだけで君を手に入れたわけじゃない」

おかしそうに肩を揺らして、レオナルドが膝をつく。意味が分からなくて莉杏は濡れた目でレオナルドを見た。

《不死者》の王であるレオナルドが莉杏を攫ってここに閉じ込めている理由は、その二つの能力のせいだとずっと思っていた。血を吸わず生かしているのもそのためだろうと。だが今、莉杏は自分が勘違いしていたことを知った。レオナルドが莉杏を欲したのにはそれ以外の理由があるのだ。

　考えてみれば、そんな能力なんて愛情があろうとなかろうと利用しようと思えば利用できる。レオナルドが莉杏の大切な人を人質にとって脅《おど》せば、莉杏は簡単に言いなりになる。レオナルドがそうしないのは、彼が望んでいるのは、その能力とは関係ないからだ。

　レオナルドは莉杏に愛されたいと言った。

「私が君を欲しているのは、君が三歳の時にした預言のせいだよ。いわばこの状況は君自身が招いたものだ。さぁ、リアン。ピエロが誰か、教えてくれるね」

　涙で頬を濡らす莉杏を、レオナルドがじっと見つめてくる。

　ふっと脳裏に甦《よみがえ》った記憶があった。ブルーノは何度も、莉杏に自由に生きろと言った。真実の愛を見つけろ、と。ブルーノは親だから、子どもの将来が気になるものなのだろうと思っていたけれど、本当はもっと深い理由があった？

（父さんのことを考えると胸が苦しくなるから、考えないようにしてた。でも、きっと大切なことだ、思い出さなくちゃいけない）

　莉杏はレオナルドを見据えながら、必死に記憶を手繰《たぐ》り寄《よ》せた。薔薇騎士団の屋敷で、ブルーノはいずれ過去についても話すと莉杏に言った。あの時はこんなことになるなんて想像もしていなかったから、その時を待てばいいと思い聞き返さなかった。どうして聞いておかなかったのだろうと莉杏は今ひどく後悔した。

（私は何を言ったの⁉　三歳の時……、一体何を⁉）

莉杏は自分の中に眠る記憶をとり戻そうと目を閉じて両耳をふさいだ。レオナルドの視線から逃れるように、冷たい床に蹲《うずくま》る。

『ミカエル、誓いを忘れてはいけない』

ブルーノの厳しい声が頭に甦る。ブルーノは莉杏が三歳の時にした重要な預言について、知っているのは私たち家族と《判断する者》だけだと言っていた。だがきっとその預言の内容を、レオナルドはどこかで知ったのだ。だから莉杏を手に入れようと、遼や義父母を使って莉杏を監視させたのではないだろうか。

必死に思い出そうとしたが、莉杏が覚えているのは海を見た記憶と、ブルーノの胸に抱かれて母に笑いかけている記憶だけ。それ以外はまったくない。

これまで得た言葉から想像できるのは、莉杏がした預言は、永遠の命を手に入れて自在に《不死者》を生み出せるレオナルドでさえ咽《のど》から手が出るほど欲しがるものだということだ。しかもそれにはきっと、莉杏の意志が関わる。莉杏が誰かを愛した時、何か起こるのだろうか？　義父母のもとで暮らしていた時、莉杏は遼に恋していた。遼だけが味方で、遼のためなら何でもできると思っていた。けれど、特に変わったことは起きなかった。

「リアン、さぁ、ピエロについて話すんだ」

レオナルドが莉杏の背中に手をかけ、促す。莉杏は唇を噛みしめた。

(どうすればいいの？　ピエロの話をしても信じるわけがない……もう誰も殺されたくないし、大切な人を《不死者》になんてされたくないのに)

レオナルドはピエロについて話せと言うが、真実を語ったとしても、レオナルドが納得するとは思えない。夢の中の人物ですなんて言っても、ごまかしていると思うだろう。

(そうだ！　遼にぃなら何か知ってるんじゃ？)

ハッとした。遼はずっと莉杏の傍にいて、莉杏が遼を好きになるよう仕向けた。きっと莉杏の預言についても知っている。

「遼にぃを呼んで。遼にぃにになら話すわ」

莉杏は顔を上げて、かすれた声で訴えた。レオナルドのこめかみがまたぴくりと動く。レオナルドの機嫌を損ねたのは分かったが、これ以外に方法がなくて、莉杏は続けざまに言った。

「あなたには話せない」

みっともなく手が震える。莉杏はぎゅっと拳《こぶし》を握って必死に告げた。レオナルドの脅しに乗って話すのはもっともしてはいけないことだと、莉杏も気づいていた。レオナルドは莉杏が言うことを聞けば、次には同じような脅迫をして莉杏の自由を奪うだろう。逆らうのは不安だったが、ここは自分の意志を押し通すしかないと感じていた。

レオナルドは少しの間考え込むように莉杏を見下ろしていた。不安が増し耐えきれなくなりかけた時、レオナルドはぴんと張り詰めた空気を解くように表情を弛《ゆる》めた。

「いいだろう、リョウを呼んでこよう。君を追いつめるのは本意ではないからね」

レオナルドはそう言うなり、迷いのない足どりで部屋を出ていった。

レオナルドのきまぐれかもしれないが、それでもよかった。逵に会うことで、何か別の新たな手が見つかるかもしれない。諦《あきら》めてはいけないと痛切に感じた。特にフレッドと昴を《不死者》にすると脅されて、莉杏は目が覚めた。このままじゃ駄目だと気持ちが奮い立ったのだ。

（私……父さんを殺してしまって自暴自棄になっていた……。でも駄目だ、このままここにいたら、ほかの人も危険な目に遭ってしまう……）

今までは早く死にたいとそればかり願っていたが、レオナルドは自分をみすみす死なせるような真似は絶対にしないだろう。この洞窟のどこかにはまだ生きている人間もいて、レオナルドたちの食糧にされようとしている。その人たちを放っておいていいのだろうか？

（私……私、ここを出なきゃ……）

莉杏は急いで濡れた頰を手で拭った。ブルーノを殺したことは後悔してもしきれない最悪の出来事だが、レオナルドに囚われている限り、罪もない人が死に、大切な人の命が狙《ねら》われる。

莉杏はベッドに重い身体を沈ませた。自分がすべきことは、ここで泣いていることじゃない。罪を償って死ぬとしたら、ここを出て、為すべきことを為してからだ。

じっと考えていると、廊下から話し声が聞こえてきた。あれは遼と……カーリー？　英語で話しているので、内容までは分からない。

ドアを見つめていると、ノックもなしにそれは開けられた。入ってきたのは黒い衣服に身を包んだ長身のすらりとした肢体の青年だ。義兄を装っていた時は大学院生らしいカジュアルな服装だったが、今の遼は大学院生には見えない。ずっと慕っていた莉杏の監視者。優しい光を湛《たた》えていた瞳は、今は氷のように冷たい。

「遼にぃ……」

莉杏は苦しげに呟いた。遼の後ろからカーリーが入ってきて、莉杏を睨むような目つきで見る。

「カーリー、向こうへ」

遼がドアを閉めて、カーリーを追いやるしぐさをする。カーリーは傷ついたような顔をして、仕切りのほうまで下がった。カーリーには聞かれたくないから出ていってほしかったが、仕方ない。

「莉杏、食事をしていないと聞いたが……」

遼が目に憂いを浮かべ近づいてくる。莉杏を心配しているようだが、遼も顔つきが鋭くなっていた。切れ長の目つきは暗い影を漂わせ、整った顔はかすかに強張《こわば》っている。最後に会ったのは、あの忌《い》まわしい日だ。遼はブルーノに銃を向けた。何故ブルーノを殺そうとしたのか、《薔薇騎士》の身でありながら《不死者》と行動を共にしているのは何故か。遼に関しては分からないことだらけだ。

遼はブルーノを殺そうとしたけれど、その前に莉杏を助けようともした。遼にはまだ良心が残っていると信じたい。

「遼にぃ、ここには人が囚われているの……？」

莉杏はまずこのことを口にした。この洞窟に《不死者》のための食糧となる人が囚われているなら、逃がさなくてはならない。莉杏のそんな切実な思いを受けて、遼がちらりとカーリーを見やる。

「お前は知らなくていい」

遼は莉杏の耳元で囁く。カーリーに聞かれたくないのかもしれない。

「私のせいで一人殺された……。知らないままではいられない。何の罪もない人が殺されるのは、もう嫌だから……」

莉杏は遼のシャツをきつく摑んで、食い下がった。遼はかすかに不愉快そうな顔になり、ため息をこぼした。

「レオナルドに脅されたか？　だとしても安心するといい、それはきっと最後の一人だ。あいつらは日曜になると食糧になりそうな人間を捕まえてくる。消えても誰からも探されないような人間をね。今日は土曜日で、残っていたとしても最後の一人だったはずだ」

遼は淡々とした声で話す。莉杏は足元から冷たいものが迫《せ》り上《あ》がってきて吐き気を催した。遼は人間が《不死者》の餌《えさ》となるのを黙認している。

「莉杏？」

莉杏はえずいて、その場に膝をついた。けれど何も食べていないせいか、胃液しか出てこない。遼が背中をさするようにすると、カーリーがつかつかやってきて、忌々《いまいま》しげに莉杏を睨んだ。

「きったねーな、てめー。床が汚れるだろ、ピエロとかいう奴のこと、とっとと話せよ。てめーが話さねーとレオナルド様にリョウが怒られるだろ！　リョウはなぁ」

「カーリー、少し部屋を出ていてくれ」

遼が顎をしゃくる。カーリーは傷ついた顔をして、唇を尖《とが》らせると、腹いせにドアを蹴とばして部屋を出ていった。今、分かったことがある。カーリーは遼が好きなのだ。《不死者》なのに、人間の、しかも《薔薇騎士》である遼を好いている。莉杏はカーリーが出ていったドアを凝視した。《不死者》も意志があって、人間と同じように誰かを好きになったりする——？

「莉杏」

カーリーのことを考えていた莉杏は、耳元で名前を呼ばれ、びくりとして遼を見た。遼はドアを気にしながら、莉杏の背中をさする。

「もう少し待ってくれ、君をここから逃がす」

かろうじて聞き取れる程度の声で囁かれ、莉杏は驚いて遼を見つめた。遼は莉杏の戸惑った様子を見て、目をそらした。

「君がレオナルドのもとにいるのは俺の本意ではない」

遼はそう言うなり、立ち上がって莉杏を助け起こした。遼が逃がすと言ってくれたことは嬉《うれ》しかったが、その一方で不安も膨らんだ。ブルーノを殺そうとした遼が、純粋な善意で莉杏を助けてくれるとは思えない。その証拠に遼はにこりともしない。

「だがその前に、ピエロが誰なのか俺に教えてくれ」

遼に詰問され、今の話は莉杏にピエロの正体を話させるための罠《わな》なのだと思い当たった。遼は昔からそんなふうに自分を騙《だま》していたのだ。遼はきっとまだ莉杏を騙せると思っているに違いない。ここにいると何も信じられなくなっていく。

「俺の知らない人間がいるなんて、信じられない。どこのどいつなんだ？　薔薇騎士団の奴か？」

遼は苛立ちを滲ませた。遼はピエロを重要人物と勘違いしている。

「ピエロは……小さい頃から私を助けてくれた……大切な人よ」

莉杏は疲れを感じて、投げやりに言った。嘘《うそ》ではない。ピエロが最初に夢に出てきたのはいつだったか覚えていないが、気づいた時にはもういた。小さい頃は誰の夢にも出てくるものだと勘違いしていて、友達に話して不気味がられてから言わなくなったのだ。

「大切な……人？　男なのか？」

遼に問われ、莉杏はうつむいたまま頷《うなず》いた。ふいに強く腕を摑まれ、莉杏はびっくりして顔を上げた。遼の表情を見て、自分が失敗したことを悟った。遼の目は激しい怒りで光り、莉杏の腕を摑んだ手には力がこもっている。同時に遼がどれほど自分を侮《あなど》っていたか確認することができた。遼は莉杏に自分以外に大切な人がいるなんて考えもしなかったのだ。

遼は顔を歪めて笑いだし、莉杏の手をぐっと引き寄せた。

「……本当に、男は馬鹿だね。莉杏、君が幼くても女性だという事実をもっと考慮すべきだった。俺に隠れてほかの男を想《おも》っていたなんて、驚きだよ」

遼は潜めた声で莉杏に囁く。そのぞくりとする声音に、莉杏は鼓動が速まり、違うと言いたくなるのを懸命に我慢した。

「誰が君の心に住んでいる？　莉杏、答えるんだ」

遼の指が莉杏の細い指に絡まる。莉杏はどうしていいか分からず、怯えて身を震わせた。ピエロは初めて夢に出てきた時、大げさなお辞儀をした。

『僕はピエロだよ、本当の名前を言うと危険だからピエロと呼んでくれ』

夢の中の莉杏にそう話しかけてきた。今まで思い出すこともなかったのに、ピエロの記憶が甦った。

「彼は本当の名前を言ったら危険だから、ピエロと呼ぶようにと言ったの。初めて《不死者》に襲われた時、昴とフレッドに救われたんじゃないの。本当は彼に……ピエロに助けてもらったの」

莉杏は遼に問われるまま、しゃべっていた。ピエロが自分を助けてくれたのは事実だ。

「やはり薔薇騎士団の者なのか……？」

遼は莉杏の言葉から何かを導き出そうと、眉根《まゆね》を寄せた。その目がふいに見開かれ、驚《きょう》愕《がく》に震える。

「ひょっとして……いや、そんな、あの男が……？」

遼は雷に打たれたように身震いした。無意識のうちに口走ったらしく、すぐに口を閉じた。まさか思い当たるような人物がいるとは思わなかったので、莉杏のほうがびっくりしてしまった。

「遼にぃ……知っているの？」

「莉杏、君は……」

遼は何かを振り払うように、何度も頭を振った。遼の目が鋭くなり、莉杏の両の二の腕をきつく摑む。

「痛……っ」

莉杏が痛みに悲鳴を上げると、遼は顔を歪ませて見据えてきた。

「そんなはずはない。あの男は、もう死んだはずだ。生きているはずがない」

険しい表情で遼が吐き捨てる。莉杏は真っ青になって今にも倒れそうになった。

「莉杏、その男についてもっとくわしく話すんだ」

気色《けしき》ばむ遼の様子に莉杏は慄《おのの》き、同時に遼が思い描いている人物が一体誰なのか興味を惹《ひ》かれた。やはりピエロは実在する人物なのか。でも、もう死んだはずと言った理由は？　分からないことだらけだが、遼が動揺している今なら、レオナルドの言っていた預言について聞けるのではないかと思いついた。

「その前に、遼にぃ。私の預言について知っていることを教えて。私は知らなければならない。私にばかりしゃべらせるのはずるい」

莉杏は内心の動揺を隠して、遼の胸を押し返した。遼の手が莉杏の腕から離れ、わずかに考え込むように目を伏せる。

「……君は本当に記憶がないんだな」

遼が莉杏に背中を向けて、腕を組む。

「いいだろう。限られた者しか知らない情報だが、いずれ君も知る話だ。聖遺物の話を知っているか?」

聞き慣れない言葉に、莉杏は首を横に振った。

「聖遺物……?」

「宗教上の聖人が残した遺物のことだ。多くは奇跡を起こすものとして教会や聖堂、寺院などに保管されている。聖十字架や聖骸布《せいがいふ》、聖槍《せいそう》が有名だ。――薔薇騎士団もその昔、聖遺物の一つを預かっていた。もう千年以上も昔の話だ」

薔薇騎士団の話が出てきて、莉杏は息をするのも忘れて聞き入った。そういえばゲイリーから薔薇騎士団は歴史が古く、その始まりは千年以上前になると教えられた。

「薔薇騎士団には聖杯があった」

遼が核心に触れた。聖杯――レオナルドが口にした言葉だ。遼の話を一つも聞き漏らすまいと全神経を集中させる。

「聖杯って何?」

聖杯が何かまったく知らない莉杏は聞き返した。

「当初はバチカンが所有していたものだ。聖人の血を受けた杯《さかずき》で、その杯にはどれほど飲んでも尽きぬ特別な液体が湧き、その液体を飲めば、どんな病気も治癒すると言われる。

しかも杯には意志があり、持ち主の願いを叶えると言われている。あらゆる奇跡を起こす杯だ。それを手にしようと多くの者が探し求めた。争いの要因になることを避けるため、時の教皇がひそかに薔薇騎士団に預けたと言われている」

突飛な話に頭がついていかず、莉杏は呆然《ぼうぜん》と聞いていた。聖人の血を受けた杯——本当にそんなものが存在するのだろうか？

「その聖杯が薔薇騎士団から奪われたのは……」

遼がふと言葉を濁してドアを見つめる。静かにドアが開かれて、レオナルドが現れる。

肝心なところはまだ聞いていないのに、と莉杏が唇を噛むと、レオナルドが微笑みながら口を開いた。

「リョウ、その先は私が話そう。リアン、私は当時、十字軍に参加していたフランスの貴族の息子でね。薔薇騎士団の屋敷に聖杯が眠っているという秘密を知り、手に入れようともくろんだ」

レオナルドは懐《なつ》かしそうに話し始めた。十字軍なんて歴史の授業でちょっと学んだ程度だが、相当昔の話だということは分かる。その時から生きているというのだろうか。莉杏には信じられなかった。

「私は薔薇騎士団に入って、彼らからたくみに情報を得た。薔薇騎士団はあの頃にしては珍しく、国籍を問わない集団だったのでね。私は数年ののちに聖杯を手に入れた。聖杯を手にした時、聖杯が私に語りかけてきたのだ。望みは何かと。私は永遠の命を望んだ。その結果が、今の私だ」

莉杏は唖然《あぜん》とした。それではまるで聖杯に、《不死者》にされたといわんばかりではないか。

「そんな……っ、馬鹿な、聖杯は聖遺物なんでしょう⁉　それなのに……」

神の贈り物であるはずの聖杯が、怪物を生み出したなんて、到底受け入れられなかった。レオナルドが面白そうに莉杏を見る。

「聖遺物は戦争の原因にもなっている。特に聖杯は、持ち主のどんな願いも叶えるとも言われているので昔から聖杯のために何度も争いが起きている。もっとも、聖杯が私を《不死者》にしたわけではない。この話には続きがあるのだ」

レオナルドは腕を組み、ちらりと遼に目を向けた。

聖杯が《不死者》の誕生に関わっていると聞き呆然としたが、そういう神がかったものでもなければ、《不死者》なんて生み出せるはずがないとも思った。神は私利私欲に走るレオナルドに、罰を与えたのだろうか？　聖杯とは物理的に不可能な奇跡すら起こせる存在だというのだろうか？

「リョウ」

レオナルドは遼に顎をしゃくり、部屋から出ていくよう暗に命じた。遼は不快を露にレオナルドを見返したものの、黙って部屋を出ていく。この先は遼に聞かれたくないのだろうか？　莉杏はレオナルドと遼の微妙な関係を肌で感じた。

部屋に二人きりになると、レオナルドは目元にかかった金糸を払った。

「私は最初から人の血を欲していたわけではない」

レオナルドは憂いを帯びた表情でベッドに腰を下ろし、長い足を組んだ。

「聖杯から生まれる液体を飲んでからというもの、しばらくまったく空腹を感じなかった。痛みもなく、老いることもない、これこそ望んだ物が手に入ったと喜んだ。その時はまだ《不死者》ではなかったのだよ。人間として生き、人間と同じように酒を飲み、食事をした。だが聖杯に満つる液体はこれ以上の甘美なものはないと思えるものだった。それを飲むだけで腹は満ち、心は希望に満ち溢《あふ》れた。ふつうの食事では物足りなくなり、私は聖杯の液体ばかり飲み続けた。その液体を飲むだけで若々しくいられたのだ。私は永遠の時を手に入れたことで、多くのものも得た。知識と教養を身につけた。人を愛しもした。いくつもの国を巡り、大勢の女性を愛してきた」

レオナルドの艶やかな目で見つめられ、莉杏はそれを厭うように睨み返した。

「しかし、それも百年、いや二百年ほどだったかな、もう覚えていないが、ともかく終止符が打たれた。薔薇騎士団が、聖杯を奪い返しにやってきたのだ。私は逃げた。聖杯を奪われては終わりだからね、地の果てまで逃げたよ。けれど、忘れもしないあの地……マルタで、私は薔薇騎士団に捕まった」

薔薇騎士団の本拠地はマルタ共和国という地中海に浮かぶ小さな島国にある。ひょっとして、本拠地がそこにあることはレオナルドと関係があるのだろうか？

「その時、私は聖杯を奪われるのを避けるため天に投げた。聖杯に私を逃がすよう願ったが、どうしてか聞き届けてもらえなくてね。進退窮まった私は、聖杯に壊れよと命じた。すると、聖杯は空中で五つに割れた。聖杯は私の命令通り、壊れたのだ。あの時あの場にいた者の絶望した有り様を今も思い出せるよ」

聖杯は壊れてしまったのか――莉杏は残念な思いで話に聞き入った。

「私は薔薇騎士団に捕らえられ、牢《ろう》に入れられた。悪夢が起きたのはそれからだ。私はかつてない激しい飢餓《きが》を覚えた」

レオナルドは頰を歪め、険しい表情になった。目の前に憎むべき相手でもいるみたいに、彼の周りの空気が冷たくなり、莉杏をゾッとさせる。

「食事が与えられたが、無味無臭で私には食べられたものではなかった。聖杯の液体を飲み続けたことによって私の身体に変化が生じていたのだ。過ぎたるは毒、ということなのか、あるいは聖杯の持つ特異性か。聖杯は一つの場所に留《とど》まるのを嫌うという説があるくらいだからね。どんな食物も受けつけなくなり、ひどい飢餓に苦しんだ。そして、ある夜、私の身を案じて牢に入ってきた薔薇騎士団の衛兵を……、彼の咽に牙を立てたのだ。

初めての生き血は聖杯に満たされた液体にも劣らぬほど甘美なものだった。私は彼の血を吸いつくした。その時、全身にエネルギーが漲《みなぎ》るのを感じた。私は人の倍、いや数倍にも及ぶ力を持った。鋼を簡単に捻《ね》じ曲《ま》げ、風のように速く走ることができた。超人の力を手に入れたのだ。もはや私にとって牢は紙でできた部屋も同然だった。私は好きな場所へ行くことができたのだ」

レオナルドの話はとてつもなかった。《不死者》の王というくらいだし、生まれた時から《不死者》だと思っていたレオナルドに人間だった頃があり、血を吸わずに生きていた頃があったのだ。その変貌《へんぼう》が聖杯を奪われたことによるものだったとは……。莉杏は絶句した。

「私はもう一度聖杯を手に入れることを誓った。薔薇騎士団の連中を一人一人捕まえて、ある時は拷問し、ある時は血を吸い、情報を得た。何度か人を殺《あや》めてから、私がすべての血を吸いつくすと、その相手は《不死者》になることが分かった。私が最初に牢で血を吸いつくした男……名前をスミスというのだが、君も会ったことがあるだろう。彼は元は薔薇騎士団の者だったが、《不死者》に生まれ変わり、私に仕えるようになったのだ」

莉杏は目を見開いた。何度か莉杏を攫おうとした男、遼の手伝いをしていた外国人がスミスと呼ばれていた。あの男も長い時を生きてきたことになる。

「私は気に入った人間を、《不死者》に変えた。時には詰《なじ》られることもあったが、多くの者は永遠の命を手に入れて喜んだものだ。その一方で、私は聖杯を探し続けていた。そして、聖杯はあの時の壊れたままの状態だと知った。どれほど手を尽くしても聖杯が復元されることもなければ、どれほどの高熱を当てられても聖杯が融《と》けることはなかったそうだ。聖杯は元に戻らず、奇跡を起こす力も失っていた。私は絶望した。どうしても、もう一度あの聖杯を手にしなければならないのに……」

レオナルドは口惜しげに呟いた。レオナルドがそれほど聖杯を欲する理由について莉杏は考えた。

「人間に戻るため……？」

莉杏は思わず聞いた。レオナルドの過去を聞き、レオナルドにも同情すべき点があると思ったせいだ。好きで血を欲しているのではないと思いたいのかもしれない。レオナルドは、虚を衝《つ》かれたように身体を揺らした。エメラルドグリーンの瞳が、莉杏を不思議そうに見つめている。

「……じつに人間らしい意見だ」

レオナルドは何かを含むような笑みを浮かべ、すっと視線をそらした。人間に戻るためではないなら、一体何を聖杯に望むのだろう？　聖杯があれば、血を吸わずに生きられるからだろうか。それともレオナルドにはほかに望む奇跡があるのだろうか？

「聖杯が壊れた状態のまま、数百年の時が過ぎた。その間、薔薇騎士団は聖杯のかけらを保管していた。薔薇騎士団に初めて能力者が現れたのは、いつだったのか。くわしくは知らないが、私が超人的な力を手に入れた頃には、《薔薇騎士》と呼ばれる《不死者》を灰にすることができる能力者がすでにいた。私は《薔薇騎士》と相対したことがなかったので、その存在に怯えていた。私は死にたくなかったのだ。だがある日、避けられない闘いが起きて、私は《薔薇騎士》と闘った。結果、私が生み出した《不死者》のほとんどは灰にされてしまったが、私自身は彼らの剣によっても灰にならなかった。リアン、君の力をもってしても、私を殺すことはできないんだ」

衝撃的な事実を突きつけられ、莉杏は背筋を震わせた。

「そんな……嘘」

それを知っていたら、レオナルドに化けたブルーノに剣を突き立てたりしなかった。レオナルドを倒そうなんて、考えなかった。

「君が私に剣を突き刺せば、私は血を流す。けれど、灰になることはない。私が《不死者》の王たるゆえんは、そこにある。何ものも私を滅することはできない」

レオナルドの確固たる自信に、莉杏は目眩《めまい》を感じた。そんな生き物がいていいのだろうか？　レオナルドの言い分をそのまま信じることはできなかった。レオナルドはわざと自分を完璧《かんぺき》だと言って、莉杏の反逆心を奪うつもりかもしれないからだ。

「あなたは完璧じゃない。完璧な存在なら、聖杯なんて欲しがらないはず」

莉杏は無意識のうちに言い返していた。レオナルドは何を考えているのか分からない表情で、じっと莉杏を見つめていた。

「その通り、私は完璧ではない……」

レオナルドは目を伏せて呟いた。思いがけず悲しげな様子に、莉杏は言葉を失った。

何故か分からないけれど、今のレオナルドを見ていると、胸が締めつけられる。レオナルドは恐ろしくて残酷な《不死者》の王だと分かっているのに、今の彼にはそっと肩を抱いてあげたくなるような弱さがあった。こんな感情ありえない。この男は愛するブルーノを殺させた悪魔だ。同情なんてしてはいけない。つい先ほども莉杏を苦しめるためにほかの人の命を奪った男だ。自分にそう言い聞かせた。

「君の知りたがっている話をしよう。君は《薔薇騎士》と《先視の声》という二つの能力を持つ稀有《けう》な存在だ。幼い頃からいくつもの預言をしていたらしいね」

話が自分のことになり、莉杏はごくりと唾《つば》を飲み込んだ。

「私は何も覚えていない……」

莉杏は目に不安を滲ませた。

「君は記憶にないようだが、三歳の時に聖杯に関する預言をした。奇跡を起こしたのだ」

望んでいた情報を与えられ、莉杏は息を詰めて話に聞き入った。

その時、突然激しい耳鳴りに襲われ、莉杏は両耳を押さえた。

ふいに頭の中にきらびやかな色と映像が浮かび、幼い声が響き渡る。

『一つは、地球のへそに、一つは気高く美しい場所に、一つは清浄な水が流れる場所に、一つは主の腹の中に……』

声が反響のようにこだまし、莉杏の全身を貫いた。周囲に見たことのない人々の顔が見える。いや、よく見ればあの男性は若き日の父だ。高い天井、荘厳なパイプオルガンの音、深く響く鐘の音、光の渦が莉杏をとり囲む。

「君は聖杯が地下に収められている場所に行くと、突然別人のような声で預言をした。君が預言をしたあと、五つの聖杯のかけらが宙に浮かび、四つは四方に飛び散ったという。そして残った最後のひとかけらは、君の身体の中に吸い込まれた。——君の預言は聖杯のありかを示すものなのだよ」

いきなり膝を崩した莉杏に、レオナルドが手を差し伸べる。莉杏はわんわんと脳内に響くノイズに耐えきれなくなり、床に倒れた。

遠い日、私ではない、誰かの意志によって告げられた言葉。身体中が白い光に包まれて、何者かの言葉が降りてきた。

『最後の一つは、私の愛する者が受けとるであろう』

小さな手が宙に伸びた。

聖杯のかけらはゆっくりと小さな莉杏の胸に溶けていった。その瞬間、全身を大きなショックが襲い、莉杏は気を失った。駆け寄る人々の声、響く足音、鐘は鳴り続け――。

莉杏は目を見開いた。

思い出した。

三歳の時に自分の口から生まれた言葉――確かに私は、神の言葉を発した。

莉杏は身体中を襲う苦痛が限界に達して、意識を手放した。まるであの時、聖杯のかけらを受け入れた衝撃を追体験しているようだった。

深い暗闇《くらやみ》に落ちていく時のように、莉杏は恐怖の中にいた。

2　真実の光

目覚めた時、頭は重く、身体《からだ》は倦怠感《けんたいかん》に包まれていた。室内に誰もいないのを確認してから、莉杏《りあん》は起き上がると膝《ひざ》を抱えた。凍えるように寒かった。室温が低いというだけではなく、自分の身に何が起きているか理解できたからだ。偽りの家族に育てられた理由も、《不死者《アンデッド》》の王と呼ばれる男が莉杏を欲する理由も、ようやく呑《の》み込《こ》めた。

三歳の時、どこか大広間か聖堂のような荘厳な部屋に莉杏はいた。ブルーノがいたから、家族も一緒だったのだろう。教会の鐘の音が聞こえていた。パイプオルガンと聖歌も。

ブルーノに手を引かれて部屋を歩いていた時、天井から光がまっすぐに莉杏を貫いた。とたんに莉杏の意識を押しのけて、何か別の存在が身体に入り込んできた。それは莉杏の口を通して、言葉を紡いだのだ。

『聖杯が甦《よみがえ》る』

莉杏の声が響き渡ると、ブルーノや周囲にいた人が驚いたように莉杏を注視した。莉杏一家とミカエル、神父服を着ていた男性、それにもう一人大人の男性がいた。莉杏はブルーノの手を離し、天井に手を伸ばした。

『元の形をとり戻すために、聖なる場所に移す。それはしかるべき時がきたら、姿を現す』

莉杏は両手を広げた。すると、大きな地鳴りがした。どこからか光の珠《たま》が五つ飛んできて、莉杏の頭上に浮かんだ。驚愕《きょうがく》の声があちこちで上がった。小さな手が動くと、四つの光の珠は、窓ガラスをすり抜けて、四方へ飛び散った。

そして残りの一つの光の珠は、莉杏の頭上に留《とど》まった。

『一つは、地球のへそに、一つは気高く美しい場所に、一つは清浄な水が流れる場所に、一つは主の腹の中に安置する』

莉杏は流れるように言葉を紡いだ。

『最後の一つは、私の愛する者が受けとるであろう』

頭上の光の珠が、莉杏の胸に吸い込まれる。莉杏はその言葉を発したのを最後に、意識を失った。

目を開けた時、ブルーノに預言について聞かれたが、莉杏はよく分からないと答えるしかなかった。自分ではない別の何かが、莉杏の口を通して話したとしか思えなかった。ブルーノは、このことは絶対に誰にも話してはならないと莉杏に固く口止めした。

（こんな大事なことを、どうして今まで忘れていたんだろう）

レオナルドから真実を聞くまで、莉杏は何も思い出さなかった。今はあの時の周囲の緊迫した様子やブルーノの苦しげな表情も鮮やかに思い出せるのに。ありありと情景が脳裏に浮かんだ。

これで、いくつもの謎《なぞ》が解けた。

どうしてレオナルドが莉杏の血を吸わないのか、ブルーノがしつこいほど自由に人を愛せと言ったのか、ミカエルの険しい様子も、何もかも合点がいく。すべては聖杯に関係していたのだ。

（ピエロが言っていたのはこのことだったんだ。私を欲しがる男がたくさん現れるだろう、と……。彼らが欲しいのは私ではなく、聖杯……）

レオナルドと同じように、遼《りょう》も聖杯が欲しいのだろうか？　もしかして、昴《すばる》やフレッドも？　薔薇騎士団《ばらきしだん》の人たちが莉杏に優しくしてくれたのは、すべて聖杯が欲しいから？

そう思うと虚《むな》しくてたまらなくなったが、その半面納得もいった。そうでなければ皆が自分を好きになるはずがない。やっぱり自分は誰からも必要とされないんだ。

ひどく気分が落ち込んで、莉杏はベッドで身体を丸めた。昔のつらかった記憶が次々に甦ってくる。

（……こういうの、もうやめるって決めたのに）

鬱々《うつうつ》とした気分を振り払おうと、莉杏は跳ね起きた。ネガティブでうじうじしていた自分は変えると決めたはずだ。たとえ周囲の人が自分を利用しようとしていたとしても、それで傷つくなんて惨めすぎる。他人がどうこうじゃない、自分がどうするかが問題なんだ。

（そうよ、それに父さんは言っていた、預言のことは自分たち家族と《判断する者《ジャッジメント》》しか知らないって。フレッドや昴は何も知らないはず）

　莉杏は深呼吸を繰り返して、心を落ち着けた。ブルーノのことを思い出すとまた悲しみに支配されそうになる。無理やり別のことを考えて、意識を変えた。

　莉杏は自分が愛した人に聖杯のかけらが渡されると預言した。だが、今の莉杏は誰かを愛しているわけではない。家族への愛はあるが、ブルーノを殺してしまった自分は、今や家族に顔向けできない。それに母は心を病み、兄は生死さえ不明だ。遼が兄だという可能性もあるけれど、今はまだ確信はないし、遼は否定している。

（私には、大きな武器があるんだと考えよう）

　五つ目の聖杯のかけらを持っているのは、莉杏なのだ。この立場をどうにか利用して、この場から逃げ出せないだろうか？

（逃がしてくれたら、聖杯のかけらを渡すとか？　ううん、そんなこと無理だ。だって、そもそもどうすればかけらを渡せるのか分からない。もっと別の方法を考えなきゃ……）

莉杏はじっと必死で考えた。誰も助けてくれないなら、自分でどうにかするしかない。できないと思ってはいけない。自分にはできると信じなくては。

莉杏はひたすら考え続けた。時間が経《た》つのも忘れ、身じろぎもせずに。

莉杏が考えた方法は、単純なものだった。

壊れかけたベッドの一部を武器にするというものだ。ベッドは以前カーリーが脚を蹴《け》ったせいで、木切れが落ちていた。近づいてきたカーリーをそれで脅《おど》して、足枷《あしかせ》を外させるしかない。カーリーは莉杏の能力で灰にできる《不死者》だ。殺されたくなければ、足枷を外せと脅すしかない。逃げるにしても一番問題なのは、この足枷なのだ。莉杏の力ではびくともしない足枷だが、レベル2の《不死者》であるカーリーなら引きちぎるのは可能なはずだ。

問題は、決意したとたん、数日カーリーが現れなくなったことだ。カーリーが来るのを待ち続けていると、ある日、足音が聞こえてきた。

レオナルドが来ませんようにと息を詰めて祈っていると、ノックもなく入ってきたのは、遼だった。

遼では脅すことはできない。

がっかりしていると、遼の後ろから、カーリーも入ってくる。カーリーは莉杏を恨めしげに睨《にら》みながら、近づいてきた。

「静かに」

遼は人差し指を立てて声を立てないよう促した。莉杏が戸惑っていると、カーリーが莉杏の足元に屈《かが》み、銀の鍵《かぎ》をポケットから取り出した。カーリーの手と鍵を食い入るように見つめる。カーリーは忌々《いまいま》しげに莉杏の足枷を外した。びっくりしてカーリーと遼を交互に見る。

遼は黒いコートを持っていた。

どうしてカーリーは莉杏の足枷を外したのだろう。カーリーは莉杏が大嫌いだし、いかにも嫌そうだ。

「君を逃がす」

遼は莉杏の耳元で囁《ささや》き、黒いコートをかけてきた。まさか前に会った時、莉杏を逃がすと言ったのは本当だったのか。莉杏は黒いコートを羽織ると、カーリーを振り返った。カーリーは莉杏を睨みつけると、ふいっとそっぽを向いた。カーリーまで協力してくれるなんて、どうなっているのだろう。

「カーリー、あとは頼んだよ」

カーリーは遼に頷《うなず》くと、背中を向けた。莉杏は逃げられるかもしれないと思い、遼をすがるように見つめた。それに対して遼は一瞬唇を歪《ゆが》めるようにして笑い、莉杏の手を握った。

滑るようにドアの外に出た。外は人がひとりすれ違える程度の大きさのトンネルのような通路になっていた。莉杏は素足だったので、石造りの床は爪先《つまさき》から冷気が上ってきて凍えるようだった。遼は右手を胸元に置き、左手で莉杏を引いて歩きだした。遼は右手の薔薇模様の痣《あざ》で、《不死者》がいないか確認しているようだ。やはり遼も《薔薇騎士《ローズナイト》》なのだと莉杏は確信した。

トンネルは暗く、所々に蠟燭《ろうそく》の明かりがあったが、狭く湿っぽかった。道は勾配《こうばい》があり、くねくねと曲がって先が見えない。石造りの床が終わり、むき出しの地面になると素足に小石や岩が当たり痛みを感じたが、莉杏は我慢した。

道の途中で、遼が手で莉杏を制した。動くなと手で合図され、頷いて身を潜める。痣が熱い。近くに《不死者》がいるのだ。莉杏は緊張しつつ、身を屈めて進む遼の背中を見ていた。遼はいきなり走りだすと、向こうから歩いてきた男の咽《のど》に刃物のようなものを走らせた。とたんに斬《き》られたところから男は灰になっていく。《不死者》は断末魔の悲鳴すら上げることなく消えた。

遼は戻ってくると、莉杏の手を摑《つか》み、再び歩きだした。

触れている手の熱さを感じながら、莉杏はどうか誰にも見つかりませんようにと祈った。

部屋を抜け出して十分ほどした頃、ぼんやりと光が見えてきた。

やっと出口に辿《たど》りついたのだ。莉杏は安堵《あんど》から涙ぐんで足早になった。

トンネルを出ると、草木に覆われた森の中に出た。満月があたりを照らしている。街灯はなく、寒くて歯がカチカチする。遼は莉杏の手を引いたまま、木々の間を縫って走った。裸足《はだし》だった莉杏は石を踏むと、痛くて顔を顰《しか》めた。けれど声を出したらレオナルドに気づかれそうで、我慢して走る。遼は莉杏の怪我《けが》に気づいて振り返ったが、莉杏が大丈夫だというように首を横に振ると、速度を弛《ゆる》めず走り続けた。

森を抜けると公道があり、そこに黒い車が停《と》まっていた。遼は莉杏の手を離すと、ポケットから車のキーを取り出した。

「乗って」

遼に促され、莉杏は助手席に乗った。遼は運転席に座って、莉杏がドアを閉めるのも待たずエンジンをかけた。車が動きだし、森から離れていく。莉杏は溜《た》めていた息を一気に吐き出して、シートにもたれた。安心したとたん、ずきずきと足の痛みに襲われる。足裏には血が滲《にじ》んでいた。

「遼にぃ……こんなことして大丈夫なの？　カーリーも……？」

無表情で車を運転する遼を見やり、莉杏は不安げに聞いた。あそこから逃げ出せたのは嬉しいが、遼は仲間を裏切ったのだ。ひどい目に遭わないか心配だった。

「彼女は俺の言うことなら聞く。まぁレオナルドに知られたら、ひどい目に遭うだろうけどね。《不死者》が何をされても、君には関係ないだろう?」

突き放した言い方に、莉杏はぐっと言葉に詰まった。《不死者》は滅ぼさなければならない相手だと思っている……だが自分を助けてくれたカーリーを、莉杏はためらわずに滅ぼせるだろうか? 急に分からなくなった。何故自分は《不死者》を滅ぼすのか。自分を助けてくれた《不死者》だと滅ぼすのをためらうのか? 今まで人間の血を吸う《不死者》はすべて悪だと思っていた。

「私……私は……」

莉杏は何か言いたくて、けれど何も言えなくなり唇を噛《か》んだ。遼はちらりと莉杏を見たが、無言で車を運転している。少しスピードが出すぎている気がしたが、それを咎《とが》める気にはなれなかった。

「レオナルドには弱点がある」

長い沈黙の後、遼はバックミラーに目を走らせながら、独り言のように呟いた。莉杏は遼の端整な横顔を見つめた。

「五年活動したら、十三年眠りにつかなければならない。《不死者》の王として完璧《かんぺき》に見えるが、これだけは彼もどうにもできない」

遼の明かした事実に莉杏は息を呑んだ。五年生きたら、十三年眠る——この事実を薔薇騎士団は知っているのだろうか？　遼は仲間のはずのレオナルドの弱点を明かしてしまって大丈夫なのだろうか。数々の疑問が過《よぎ》ったが、莉杏は黙って遼の次の言葉を待った。

「レオナルドが聖杯に望むのは、このサイクルの解消だろう」

遼は淡々と言った。

レオナルドが望むのは、本当にそのことなんだろうか。莉杏には分からなかったが、遼がレオナルドに全面的に従っているわけではないことは分かった。

「遼にぃは……何を望むの？」

莉杏は道に現れた標識に目を走らせながら、尋ねた。車の速度が速くて、文字が読めなかった。今どこを走っているのだろう？

遼はさらに速度を上げながら、暗い目つきになった。遼も聖杯を求めているはずだ。そうでなければ、こんな危ない橋は渡らない。

「遼にぃは……何故《不死者》の味方をしているの……？」

莉杏はなおも尋ねた。今しか、遼に真実を聞けないと思ったのだ。遼はレオナルドを裏切って莉杏を逃がしてくれたが、このまま薔薇騎士団の仲間になるとは思えなかった。

「ブルーノは……俺の父親を殺した。薔薇騎士団に対抗するには、《不死者》の力を借りるしかなかった」

　衝撃的な告白に、莉杏は声を上げた。

「父さんが遼にぃの父親を……？　本当なの⁉」

　薔薇騎士団の総帥であるブルーノが、遼の父親を殺した？　信じられなくて、莉杏はうろたえた。真実だというなら、きっと何か理由があるはずだ。

「俺が望むのは、君たち家族の破滅だ」

　追い打ちをかけるような残酷な言葉に、莉杏は黙るしかなかった。

　遼の横顔が悲しげに歪み、深い吐息が落ちた。

「……最初は、そう思っていた。けれど今は……」

　遼はダッシュボードからミネラルウォーターを取り出すと莉杏に渡した。咽が渇いていることに気付いて、莉杏は素直に口をつけた。

　とたんに目眩《めまい》を感じた。頭がぐらぐらして世界が回り始める。飲み物に、何か入っていた……？　必死に目を凝《こ》らそうとしたが、視界は徐々に暗闇《くらやみ》に閉ざされた。


　軽く肩を揺さぶられて、莉杏は眠い目を開いた。

遼が自分を覗《のぞ》き込《こ》んでいる。莉杏はハッとして身を起こすと、車は停まっていて、見覚えのある並木道が見えた。ここは薔薇騎士団の屋敷の近くだ。

「この道をまっすぐ行けば、薔薇騎士団の屋敷だ。早く行け」

遼はそう言うと、クリーム色の箱を取り出した。中から靴が出てくる。茶色のローファーだ。莉杏のために、どこかで買ってきてくれたのだろう。莉杏はおずおずと靴を受けとって履いた。靴のサイズはぴったりだ。素足で走ったせいで足裏が痛かったので、靴は有り難かった。

「遼にぃはこれからどうするの……」

莉杏は不安を感じて尋ねた。眠る間際、遼がブルーノを憎み、莉杏一家を破滅させたいという発言を聞いた。今まで優しかった遼の中に、そんな恐ろしい感情が潜んでいたなんて知らなかった。ただ莉杏を監視しているだけじゃなかった。憎い男の娘として莉杏を見ていたのだ。莉杏は遼のことを何も分かっていなかった。自分は本当に子どもで、上面だけ見て遼を好きだと言っていたにすぎない。

自分が好きだった遼は消えてしまったのだと莉杏は思った。

莉杏が恋した相手は架空の人物で、夢を見ていたにすぎない。遼の中に面影を探そうとしても無駄なんだと痛感した。

「俺のことは心配しなくていい。もちろん君が頭から爪先まで俺のものになってくれるというなら、このまま一緒に逃亡してもいい。君は聖杯を手に入れる近道だからね」

遼は嘲《あざけ》るように莉杏の髪をひとすじ、指ですくった。

莉杏は嫌悪感を覚え、シートベルトを外すとドアを開け、外に出た。遼は莉杏を一瞥《いちべつ》すると、まるで興味を失ったように前を向いた。車が急発進して、薔薇騎士団の屋敷とは別方向へ走っていく。

莉杏は遼の車が小さくなっていくのをずっと見ていた。

一人きりになると、薔薇騎士団の屋敷へ続く道に目を向けた。雪が降るのではないかというくらい凍えた夜だった。吐く息は白く、着ているドレスは薄くて、コートを着ていても寒くてたまらない。

この道を行けば、莉杏を保護してくれる人たちが待っているのは分かっていた。けれど莉杏にはどうしても一歩が踏み出せなかった。薔薇騎士団にとってもっとも大事なブルーノを自分が殺してしまったからだ。この事実の前ではどんな謝罪も受け入れてもらえない気がした。自分自身が許せなかったし、皆に合わせる顔がない。

莉杏は薔薇騎士団の屋敷とは反対の方向へ歩きだした。

行くあてはないし、どこへ行けばいいのかも分からない。それでも莉杏は暗闇を一人歩き続けた。薔薇騎士団の屋敷へ続く道は一本道で、針葉樹が道路の両脇《りょうわき》に連なっている。このあたりは私有地なので、しばらく歩かないと公道に戻れない。街灯はあるものの、夜の道は暗くて寂しくて莉杏は心細くてたまらなかった。

二十分ほど歩いた時、一台の車がやってくるのが見えた。莉杏は木の陰に隠れるようにして車を避けた。ヘッドライトが道を照らし、車が通り過ぎていく。

足早になった莉杏は、急ブレーキの音に身をすくませた。通り過ぎたと思った車は、数メートル過ぎたところで停まった。車のドアが開くと、赤毛の長髪の男が飛び出してくる。

「リアン！」

車を運転していたのは、薔薇騎士団の《守護者《ガーディアン》》の一人ヒューゴ・ヴェルディだった。黒い革ジャンを着ていて、暗闇でも目立つ赤毛をなびかせて駆け寄ってくる。莉杏は足ががくがくして立ちすくんだ。ヒューゴは莉杏の前に立つと、感極まったように莉杏をきつく抱きしめた。

「よかった、生きていて……。心配したよ、ものすごく」

ヒューゴは莉杏を胸に閉じ込め、声を震わせて言った。男性が苦手な莉杏だが、ヒューゴは《守護者》のせいか、抱きしめられても嫌ではなかった。それよりもヒューゴにブルーノを殺してしまったことを知られるのを恐れた。ヒューゴはブルーノをずっと守ってきた人だ。もし莉杏がブルーノを殺したと知ったら、どれほど嘆き悲しむだろう。きっとひどく憎まれる。

「今まで、どこにいたんだ？　それにどこへ行くつもりだ？　薔薇騎士団の屋敷と反対方向に歩いていることくらい、分かっているよね？　リアン、君をあんな場所に置き去りにしてしまって、俺がどれほど自分を呪《のろ》ったか……。すべて俺の責任だ、リアン、本当にすまない」

ヒューゴは苦しげに頬を歪めて莉杏に謝った。そんなヒューゴを責めることはできなくて、莉杏は眼差《まなざ》しを伏せてヒューゴの胸を押し返した。

「私、薔薇騎士団には帰れない……」

莉杏が悲しげに呟くと、ヒューゴは驚いたように莉杏の肩においた手に力を込めた。何か言われるかと思ったが、ヒューゴは黙って莉杏の手を握り、車に乗るよう促す。

「リアン、とりあえず場所を変えよう。薔薇騎士団に戻りたくないなら、そうだな、俺が泊まっているホテルがいい。君の姿を見れば、敵から逃げてきたってことくらい分かる。可哀相《かわいそう》に、泥だらけだ。それに、ずいぶん痩《や》せた……ちゃんと食べてないんだろう？」

ヒューゴは莉杏の顎《あご》を上向け、優しく言った。お金も行くあてもなかった莉杏にとって、ヒューゴの誘いは救いだった。ブルーノのことを考えれば罪悪感でいっぱいになるが、今はこの厚意にすがるしかない。

「いいの……？」

莉杏がおずおずと尋ねると、ヒューゴは軽くウインクした。

「君は俺の女神だからね、どんな願いも叶《かな》えるさ。さぁ、乗って」

ヒューゴに助手席のドアを開けられ、莉杏は申し訳ないと思いつつ乗り込んだ。ヒューゴの言う通り、無事逃げ延びたものの体力が落ちていてふらふらだ。

これからどうするかは、あとで考えよう。

莉杏はそう思い、車のシートに身を預けた。


ヒューゴは車を都心へ走らせた。

時刻は夜十一時を回っていた。ヒューゴに会わなかったら、夜通し歩き続けていただろう。

「クリスマス・イヴに君が消えてから、もう十日も経っている。皆、心配しているよ」

ヒューゴにそう教えられ、レオナルドのもとで監禁されているうちに年が明けたのを知った。昴やフレッドの心配している顔が頭を過り、涙が出そうになった。もう二度と会えないかもしれない。恐ろしくて莉杏には皆と会う勇気がない。

三十分ほど車を走らせたヒューゴは、高層ビルに入っている高級ホテルに莉杏を連れていった。エントランスには制服を着たポーターがいた。莉杏が気後《きおく》れして降りられずにいると、ヒューゴが先に降りて莉杏の手を引いてくれた。

「車を頼む」

ヒューゴは制服姿の若い男性に車のキーを手渡した。

「ここが俺が泊まっているホテルだよ。薔薇騎士団の屋敷もいいんだけど、あそこは窮屈でね」

ヒューゴはそう説明すると、広いロビーを迷わず進んだ。黒いコートに不似合いな靴を履いていた莉杏は、逃げる際にあちこちについたコートの汚れが気になってヒューゴの陰に隠れるようにして歩いた。ロビーには大きなオブジェがあり、正月にふさわしい華やかな花が飾られている。吹き抜けの豪華な造りのロビーの壁は金色に輝いていて、目が眩《くら》みそうだ。夜中なのでほとんど人はいないが、ホテルの従業員に呼び止められて追い出されるのではないかと気が気ではなく、莉杏は自然と早足になった。

ガラス張りのエレベーターに莉杏とヒューゴは乗り込んだ。

エレベーターを降りると、ふかふかした赤い絨毯《じゅうたん》が敷き詰められていた。ヒューゴは三十階にある一室に、カードキーを挿し込んだ。そこは二部屋に分かれた豪華な造りだった。部屋はどちらも広くて、ベッドやクローゼットだけではなく、大きなソファまである。莉杏は倒れるようにソファに座り込んだ。

「山道でも歩いたのかい、足がひどいことになっているね。シャワーを浴びる？　その間、俺はどこかで君の服を調達してくるよ」

莉杏の足から靴を脱がせると、ヒューゴが痛ましげに言った。森を抜けるまで裸足だったから、切り傷や泥で足が汚れている。けれど、それよりも疲れているから眠りたいと莉杏は訴えた。

「その前にスープだけでも口に入れたほうがいい。ろくに食べていなかったんじゃないか？　待ってて、ルームサービスを頼むよ。何か、お好みは？」

ヒューゴは心配そうに言って、ルームサービスのメニューを取り出してきた。莉杏が何でもいいと答えると、適当に注文してくれる。

莉杏はぐったりとしてソファに身体を預けた。こうして温かく清潔な場所にいると、全身から力が抜けるようだった。ヒューゴは注文を終えると、席を外し、少ししてから戻ってきた。手にはタオルがある。

「失礼、お嬢様。ちょっと痛むかもしれないよ」

ヒューゴは跪《ひざまず》くと、莉杏の素足をとって、温かな濡《ぬ》れたタオルで拭《ふ》き始《はじ》めた。莉杏が慌てると、にやりと笑った。

「美しい女神に仕えられるのは、これ以上ない男の歓《よろこ》びだよ。リアン、君はいろいろあって疲れているんだ。じっとしていて」

ヒューゴは明るく言って、莉杏の足を綺麗《きれい》にしてくれる。温かなタオルで包まれると、じくじくとした痛みより気持ちよさが勝り、莉杏はヒューゴの言葉に甘えることにした。

ヒューゴは楽しそうに莉杏の足を拭いている。フレッドや昴相手には辛辣《しんらつ》な態度をとるヒューゴだが、莉杏にはとことん優しいようだ。ヒューゴを見ていたら、何だか既視感を覚えて戸惑った。どうしてだろう。懐《なつ》かしさが湧《わ》いてくるのだ。

「私……、ずっと前にヒューゴと会ったことある……？」

まさかと思いながら莉杏が口を開くと、ヒューゴが顔を上げて一瞬真顔になってから、珍しくはにかむように笑った。

「嬉《うれ》しいね、覚えていてくれたのかい。おてんば姫」

ヒューゴは目を細め、綺麗になった莉杏の足を解放する。莉杏が困惑していると、ヒューゴは莉杏の隣に腰を下ろし、覗き込むように見つめてきた。

「君がまだマルタにいた頃、三、四歳の頃の話さ。俺はアンリと仲がよくてね、だから自然と君とも遊んでいた。俺は君をおてんば姫と呼んでいたんだよ」

思いがけない話をされて、莉杏は驚きを隠せなかった。ヒューゴと小さい頃に遊んだ記憶はない。けれどよく考えてみれば幼い莉杏はマルタに住んでいたのだし、薔薇騎士団の能力者同士なら交流はあってもおかしくない。

「はっきり覚えているわけじゃないの。ただ懐かしい気がして……」

莉杏は古い記憶を呼び覚ますように、ヒューゴの顔をじっと見つめた。ヒューゴは兄であるアンリと同《おな》い歳《どし》ということもあり、家族ぐるみの付き合いだったそうだ。ヒューゴは莉杏の手に触れ、薄く形のいい唇を吊《つ》り上《あ》げた。

「そうか、残念だな。俺はよく覚えている。君に初めて会った時、なんて可愛《かわい》い子なんだろうと子どもながらにときめいたよ。《守護者》は《薔薇騎士》に惹《ひ》かれるというだろう。君の兄のアンリも大好きだったが、それ以上に君が可愛くて夢中だった」

どきりとするような甘い雰囲気でヒューゴが囁き、莉杏はどぎまぎして身を引いた。フレッドがヒューゴはタラシだから気をつけろと言っていたが、本当に瞳《ひとみ》一つで女性を惑わせる魅力を持っている。

「大きくなった君と再会した時、俺はとても焦った。君は俺の想像以上に美しくなっていて、強烈に俺たち《守護者》を惹きつけたからね。できるならずっと君の傍《そば》にいて、君を守りたい。ブルーノには悪いけど、心底そう思ったよ」

ヒューゴの長い指が莉杏の手を包み込む。言われ慣れない言葉を浴びせられて、莉杏はどう答えていいか分からず真っ赤になった。ちょうどその時ドアがノックされ、ルームサービスが運ばれてきて、甘ったるい雰囲気をかき消してくれた。

ワゴンで運ばれてきた食事が、次々とテーブルの上に載せられる。ヒューゴはスープだけでなく、パスタやピッツァも頼んだらしく、美味《おい》しそうな香りが莉杏の食欲をそそった。アルコールも運ばれ、二人分のグラスが用意された。ルームサービスを運んできたスタッフが出ていくと、莉杏は空腹を感じて、スープに手を伸ばした。

「美味しい、生き返る……」

スープを一口飲むと、冷え切っていた全身が温まるようだった。スープを飲む莉杏を、ヒューゴは微笑《ほほえ》んで見つめ、グラスに飲み物を注いでくれた。莉杏はお酒は飲めないので水だ。

「リアン、あの日から今日までの間、どうしていたんだい？」

ヒューゴはグラスを傾けつつ慎重に聞いてきた。莉杏は恐れていた質問に、目を伏せた。話さなければと思うが、なかなか言い出せない。

「……皆はどうなったの？」

莉杏は話題をそらすように質問した。

「君が消えたあの闘いで、多くの負傷者が出た。《薔薇騎士》であるブルーノが戦闘不能になった段階で、俺たちは撤退する以外、道がなくなった」

当時の記憶を思い出したのか、ヒューゴが苦しげに呟く。ブルーノが戦闘不能、と聞いた瞬間、莉杏の胸は締めつけられた。

「今はもう、皆《癒やす者》《ヒーラー》の治療を受けて回復しているよ。皆必死になって莉杏のことを捜していた」

ヒューゴに教えられ、莉杏は悲しくなって、ぎゅっと唇を嚙んだ。言わなくちゃと思って、怯《おび》えた目でヒューゴを見る。ヒューゴはじっと莉杏を見つめていた。その真剣な顔を見ていたら、真実を話すのがますます怖くなって、莉杏はうなだれた。

ヒューゴはそんな莉杏の様子に勘違いしたようだ。

「まさか、あいつらに……何かされたのか？　リアン？」

張り詰めた空気を伴って、ヒューゴが囁くような小声で聞く。莉杏は驚いて顔を上げた。ヒューゴはひどく苦しそうに莉杏の答えを待っている。莉杏が誰かにひどいことをされたと思ったみたいだ。レオナルドのことかと思ったけれど、あいつらということはほかの者も疑っているようだ。遼を疑っているのだろうか？　薔薇騎士団の人間からすれば、敵である遼が莉杏に乱暴したと考えても仕方ない。

「遼にぃはそんなことしない、逃がしてくれたのは遼にぃだし……」

「いや、俺が心配しているのはレオナルドやほかの《不死者》のことだ」

困惑する莉杏を、ヒューゴは遮った。レオナルドを疑っていたのか。莉杏はレオナルドにされたことを思い返し、手を握りしめた。ヒューゴが心配しているようなことはされていないと思うが、レオナルドは莉杏の背中に何かしていた。ぶるりと身が震えた。

「おかしなことはされてない、でも……」

莉杏が言いよどんだ時、部屋にバイブ音が響いた。ヒューゴはソファの端に置いてあったスマホを手にとった。ちらりと着信名が見えた。シルビアとあった。シルビアはヒューゴの姉だ。ヒューゴは軽く舌打ちすると、スマホの電源を切ってしまった。

「いいの？　出なくて……」

ヒューゴは莉杏を匿《かくま》うために、スマホの電源を落としてくれたのだろうか？　莉杏はヒューゴの険しくなった顔つきに心もとなくなった。

「いいんだ。それより、本当に何もされてないんだね。ホッとしたよ、無理強いしても愛が得られるわけではないと分かっているとは思っていたが、それでも心配だった。君を傷つけられるのは、我慢がならない。俺は今までブルーノやほかの《薔薇騎士》に対する親愛の情を絶対的なものだと思ってきたが、君と会った瞬間、それがひっくり返った。恋愛感情は人を狂わせるものだね……君があいつらに捕らえられていた間、気が気じゃなかった」

ヒューゴは強張《こわば》っていた表情を弛め、すっと立ち上がった。莉杏の知っている陽気で不敵なヒューゴに戻る。

「バスタブに湯を溜めておくよ。すっきりしたいだろ？」

ヒューゴはそう言ってウインクすると、浴室に消えた。莉杏はほうっと大きく息を吐くと両手で顔を覆った。

敵に十日も監禁されたのだから、ひどい目に遭ったと思われるのは当然かもしれない。性的な暴力は受けていないが、身体に何かはされた。このことをどう伝えればいいのか分からなかった。

（ヒューゴは遼にぃのことは心配しないんだ……）

浴室の湯が溜まる音を聞きながら、ふと莉杏は違和感を覚えた。これがフレッドや昴だったら、遼に何かされたのではないかと絶対に聞かれているところだ。それに……ヒューゴは、レオナルドの名前を知っていた。フレッドは以前、《不死者》の王について噂話《うわさばなし》として語っていた。つまりフレッドはレオナルドについてよく知らなかったからだ。同じ《守護者》であっても、ヒューゴは総帥であるブルーノの《守護者》だから、情報を持っていたのだろうか？

（無理強いしても愛が得られるわけではない……）

一度気になり始めると、ヒューゴが何気なく言った言葉も引っかかった。ふいに背筋がぞくりとして、莉杏はソファから立ち上がった。ちょうどヒューゴが浴室から出てくるところだった。

「リアン？」

ヒューゴは莉杏の緊張した様子に、首をかしげる。その時、室内の電話が鳴り、ヒューゴは面倒そうに電話をとる。

『ヴェルディ様、お客様がお見えになっております。フレッド・マーレイ様と、八須賀《はちすが》昴様です。電話をおつなぎしてよろしいでしょうか』

電話はフロントからで、声が大きかったので莉杏にも聞き取れた。フレッドと昴がフロントまで来ている。莉杏は激しく動揺した。

「追い返してくれ」

ヒューゴはにべもなく言うと、電話を切った。やっぱり、おかしい。

莉杏はヒューゴを警戒するように、身体を硬くして距離をとった。

無理強いしても愛が得られるわけではない――ヒューゴがそう言ったのは、聖杯のことを知っているからではないのか。ヒューゴは遼と同じように莉杏がレオナルドに愛情を抱くのではないかと恐れたからではないのか。

「聖杯のこと、知っているのね⁉」

莉杏は尖《とが》った声でヒューゴに疑惑をぶつけた。不信感が急速に膨らみ、ヒューゴに疑念が湧いてきた。ヒューゴは目を細めると、苛立《いらだ》った様子で長い髪をかき上げる。その様子に莉杏は確信した。ヒューゴは聖杯のことを知っている。

「だから私に優しくするの……？」

莉杏は何もかもが信じられなくなった。レオナルドや遼ばかりか、味方のヒューゴにまで利用されているような気がして、たまらなく嫌だった。

「それは違う！」

怒りのオーラをまとったヒューゴに否定され、莉杏は身をすくめた。ヒューゴは知らない国の言葉で怒ったようにまくし立ててくる。莉杏には理解できなかったけれど、ヒューゴが冷静さを欠いているのは分かった。ヒューゴは感情を鎮めるようにがりがりと頭を掻《か》き、一度大きく息を吸うと莉杏を切なげに見つめてきた。

「俺は聖杯なんかどうでもいい、俺の真の願いは君に特別な一人として愛されることだ。君を狙《ねら》う男は多くて、俺の立場で君を独占するのは難しい……」

握った拳《こぶし》を何度も閉じたり開いたりしながらヒューゴは言うと、一気に莉杏との距離を縮めてきた。莉杏が反射的にドアへ逃げようとすると、それよりも早くヒューゴが莉杏の手首を捉える。

「俺はもう薔薇騎士団さえ、どうでもいいんだ。そもそも君をこんな目に遭わせるつもりはなかった、俺は……」

ヒューゴは聞いている莉杏のほうがつらくなるような苦しげな声で訴える。莉杏は摑まれた手が解《ほど》けなくて、焦った。

ヒューゴが本気で自分を好きだと伝わってきた。けれど莉杏はヒューゴをよく知らない。幼い頃、一緒に遊んでいたとしても、莉杏にはほとんど記憶がない。

ヒューゴは強引に莉杏を抱き寄せた。厚い胸板に顔を押しつけられ、莉杏は硬直した。ヒューゴの感情が爆発したら、莉杏はどうすればいいか分からない。ヒューゴの胸に抱きしめられた時、莉杏の脳裏に恐ろしい考えがひらめいた。

「……あの時、私をわざとあそこに閉じ込めたの……？」

まさか、という思いで莉杏は疑惑を口にした。ヒューゴの身体が、ぎくりとする。あの柩《ひつぎ》の中に入るよう莉杏に勧めたのはヒューゴだ。

疑惑が次々と生まれ、莉杏はこの再会さえ仕組まれたものではないかと気づいた。遼に薔薇騎士団の屋敷の近くで降ろされてからすぐ、夜中だというのに、ヒューゴは車で通りかかった。

――もしそれが、偶然ではなかったとしたら？

莉杏はヒューゴの胸を強く叩《たた》いた。

「放して！　放してってば‼」

莉杏が大声で叫ぶと、不思議なことが起きた。ヒューゴがまるで何かに弾《はじ》かれたように莉杏の身体を放したのだ。ヒューゴ本人もハッとしたように莉杏を凝視している。

《薔薇騎士》の本気の命令には《守護者》は逆らえない。ブルーノはそう言っていた。

莉杏はそれを確信して、ヒューゴを睨みつけた。

「ヒューゴ、本当のことを話して！　遼にぃと、あなたは仲間なの？　あなたは、……あなたは父さんを裏切っていたの⁉」

ヒューゴがすっと青ざめる。

今夜莉杏を助けてくれたのが、偶然ではないとしたら――ヒューゴは遼から連絡を受けて駆けつけたとしか考えられない。つまりヒューゴは敵のスパイということになる。薔薇騎士団にはスパイがいると疑われていた。ブルーノはヒューゴをもっとも信頼する者と言っていた。それが……裏切られていた？

「……俺はレオナルドのスパイではない。……だが、確かにブルーノを裏切っていた。いくつかの情報をリョウに渡したのは事実だ」

信じたくない事実が、ヒューゴの口から漏れた。

莉杏は大きなショックを受けてその場にへたり込みそうになった。こんな身近に裏切り者がいたなんて、信じられなかった。ヒューゴを信頼していたブルーノがこのことを知ったなら、どれほど悲しんだだろう。

その時、ドアが激しく叩かれて、莉杏はびくっとした。

「ヒューゴ、扉を開けろ！」

英語で話す野太い声に、莉杏は振り返る。ドア越しに聞こえる声は、《守護者》であるロンだ。特徴的なハスキー声をしているので間違いない。

「ヒューゴ、話がある！　早く開けてくれ」

「出てくるまで、帰らないぞ！」

「ヒューゴ、いつまで隠れているつもり!?」

続けてドア越しに昴やフレッド、シルビアの声が聞こえる。フロントで追い返されてもそのまま帰らず、ここまで押しかけてきたらしい。懐かしささえ感じるフレッドや昴の声に、莉杏は急に心もとなくなって、うろたえた。会いたいけれど会えない彼らがドアの向こうにいる。莉杏はどうしていいか分からなくなり、ヒューゴを振り返った。ヒューゴは諦《あきら》めたように肩をすくめた。

「やれやれ、どうやってこのホテルやルームナンバーを調べたんだか。薔薇騎士団の情報能力はたいしたものだよ。まったく騒がしい奴らが来てしまったな……」

彼らを追い返すかと思ったが、じたばたするのは性に合わないのか、ヒューゴはドアを開けるよう莉杏に促す。莉杏は逃げられないのを悟って、おそるおそるドアを開けた。

「リアン！」

莉杏を見たフレッドや昴、それにロンとシルビアが驚いた声を上げた。

「無事だったのか！　莉杏、よかった」

「リアン、リアン、リアーン‼」

昴とフレッドが同時に叫んで莉杏に飛びついてくる。皆、莉杏がここにいるとは思ってもみなかったのだろう。なだれをうつように部屋に入ってくると、莉杏を囲んだ。フレッドは抱きつき、昴は莉杏に怪我がないか確認している。それからいっせいに皆が不敵な態度でソファに座っているヒューゴを睨みつけた。

「ヒューゴ、これは一体どういうことだ⁉」

ロンは顔を真っ赤にして怒り狂い、駆け寄ってヒューゴの胸ぐらを摑んだ。強面《こわもて》に怒りのオーラを漲《みなぎ》らせて、ロンは怒鳴る。シルビアも真っ青になって、わなわな震えている。シルビアの美しい顔は歪み、弟であるヒューゴを睨みつけている。

「どうしてリアンがここに⁉　あなたは本当に裏切っていたの……⁉　ヒューゴ、納得いく説明をしなさい、今すぐに！」

ロンとシルビアに責められ、ヒューゴは無言でグラスの酒を一気に飲み干した。

莉杏に抱きついていたフレッドがようやく莉杏から離れて、顔を見せてくれた。フレッドはいつもは陽気な青年なのだが、莉杏に会えた喜びでか涙ぐんでいた。

「リアン、無事だったんだね！　毎日、君を捜していたのに、こんなところにいるなんて……」

昴を見ると、こちらも泣くのを堪《こら》えるように唇をぎゅっと結んでいる。クールな昴がそんな顔を見せるなんて思いもしなかった。胸がぐっと熱くなる。

「莉杏、よかった、無事で」

昴が莉杏の肩を抱き寄せ、かすれた声で言う。二人の顔を見たとたん、莉杏も目が潤んで、胸がいっぱいになった。合わせる顔がなくて逃げようとしていたのに、こうして二人の顔を見ると、ホッとする自分がいる。

「ヒューゴ、立ちなさい。あなたを拘束するわ」

シルビアが厳しい声音で言い、ロンがヒューゴの手首に手錠をかけた。ヒューゴはさして気にした様子もなく、皮肉げに微笑む。

「こんなもの、俺には意味がないと分かっているくせに」

ヒューゴはそう言うなり、両手を一気に離して手錠を破壊した。並外れた腕力を持つ《守護者》にとって、ふつうの手錠など無意味なのだ。

「ヒューゴ、お前の身柄は俺がしばらく預かる。お前はマルタで裁判にかけられることになるだろう。知っていることは、すべて話してもらうぞ」

ロンは大きな手でヒューゴの腕を摑み、鬼のような形相《ぎょうそう》で迫った。開いていたドアから、数人の黒服の男が入ってくる。すべて外国人で、シルビアに命じられるままヒューゴの身を囲んだ。何が起きているのか分からなくて、莉杏は口を挟むことができなかった。

「リアン、無事で何よりだったわ。すぐに迎えの車を寄こすから、待っていてちょうだい」

シルビアは感情を殺して、そう告げるとヒューゴを部屋から連れ出した。

残された莉杏は説明を求めて、昴を見た。

「ヒューゴの様子がおかしいことを、上は気づいていたらしい。スパイ容疑がかけられて、マルタに戻るよう命じられていたんだ。けどヒューゴは命令を無視した。ようやくこのホテルにいることが分かって、連れ戻しに来たってわけだ。まさか、ここに莉杏がいたなんて……」

昴は不可解そうに言うと、一転して厳しく莉杏を見据えた。

「一体何故ここにいるんだ？　どうしてヒューゴといる？　ずっと一緒だったのか？　何故俺たちに連絡をしなかったんだ？」

矢継ぎ早に聞かれ、莉杏は目に涙を浮かべた。何から話せばいいのか分からなかった。皆自分のことをどう思っているのだろう。莉杏がブルーノを殺したことを知っているのだろうか。再会してホッとしたのも束《つか》の間《ま》、莉杏の心は不安でいっぱいになった。

「ハッチ、怖い顔は駄目だろ！　リアン、俺たち、ずっと君を捜し続けていたんだよ。あの建物から君だけじゃなくて《不死者》も一体残らず消えて、心配で気が狂いそうだったよ。君を捕らえていたのは《不死者》じゃなかったの？　まさかあの日から、ヒューゴが君を……？」

険しい顔で迫る昴を押しのけ、フレッドが莉杏の手をとって優しく尋ねてくる。フレッドと昴は戦闘があった建物とその周辺を連日寝る間も惜しんで捜し回っていたらしい。遠くのものまで見渡せる《神の眼《ゴッドアイ》》であるアーノルドも莉杏を捜して、一帯をしらみつぶしに当たっていたという。

莉杏は大きく頭を振って、ヒューゴに関する誤解を解こうとした。

「寮をおそった男を覚えている？　あれは《不死者》の王レオナルドだったの……。私、レオナルドに捕まっていたんだけど、数時間前に逃げ出したところを、ヒューゴが助けてくれたの……。私……、父さんを……父さんを」

ブルーノを殺した、とどうしても言えなくて、莉杏は固く目を閉じた。すると昴が莉杏の空いている手を握り、覗き込んでくる。

「大丈夫だ、莉杏。総帥なら、《癒やす者》が総力を挙げて治癒にあたっている。峠は越えて、今は安定している」

莉杏は「えっ？」と固まった。

峠は越えて、安定している……？　死んでない、ということだろうか？　ひょっとして莉杏が刺したあと、助けられて治療を受けていた？　莉杏は混乱した。

「私の刺した傷は……？　父さんは死んでないの……？」

莉杏が驚愕に目を開いて聞くと、フレッドが驚いたように目を丸くした。

「何言ってるのさ、リアン。あの時銃で撃たれた傷は思ったより深くて一時危なかったけど、総帥は生きている。君が窓から身を投げたあとも、戦闘は一時間くらい続いた。俺たちは君を捜したけど、君の姿はどこにも見当たらなかったし、総帥は命の危険があったから、一時撤退するしかなかったんだ。君が刺したって何のこと？」

フレッドと昴が説明を求めるように莉杏を見ている。

——あの情景こそ、レオナルドのもたらした幻覚だった？

今初めて、莉杏はそれに気づき、全身から力が抜けた。

自分がブルーノを殺してしまったとずっと思い込んでいた。でも、そうじゃなかった。ブルーノは生きていた。何もかもレオナルドの罠《わな》だったのだ。レオナルドの嘘《うそ》を現実と思い、自暴自棄になっていたが、自分は誰も殺していない。

莉杏は嬉しくて、ホッとして、大声で泣きだしてしまった。人目もはばからずに声を上げて泣いた。自責の念から解放されて、すべてのことに感謝したくなった。

子どもみたいに泣く莉杏に、フレッドと昴は困惑したように顔を見合わせた。けれど、すぐに莉杏の頭を撫《な》でて慰めてくれる。

莉杏はハッとして濡れた顔を上げた。もう一つの心配事を思い出したのだ。

「私、私……レオナルドに……、私の背中、どうなっているのか見て！　お願い！」

莉杏はしゃくり上げながら叫ぶと、着ていたドレスの背中のファスナーを一番下まで下ろした。自分の背中がどうなっているのか、フレッドと昴に確かめてほしかったのだ。髪を手で払い、むき出しの背中を二人に向けた。二人なら真実を言ってくれるはずだ。そう信じていた。

「り、莉杏、おい、ちょ……っ」

背中を見せる莉杏に昴が慌てて声をひっくり返す。

「え……っ、あの、リアン……っ」

フレッドもしどろもどろになっている。二人の動揺した様子に莉杏はドレスの胸元を押さえたまま振り返った。フレッドも昴も顔を赤らめて莉杏を凝視している。

「……ハニーの背中はとっても綺麗だけど……？」

フレッドが照れたように言う。莉杏は驚いて昴を見た。昴は咳払《せきばら》いして居心地悪そうに横を向く。

「フレッドの言う通り、傷一つない美しい背中だ。嘘だと思うなら、自分の目で確かめてみればいい」

昴にも何もないと言われ、莉杏は半信半疑で浴室に駆け込んだ。洗面台の大きな鏡に背中を映す。——フレッドと昴の言う通り、背中には何の痕《あと》もなかった。痣もなければ切り傷も何もない。

（どうして⁉　あれほど痛かったのに何もないなんて……。あれもレオナルドの幻覚だったと言うの？）

莉杏は信じられなくて何度も背中を見た。手で触れてもみたが、引っかかるものは何もない。訳が分からないまま、莉杏はファスナーを上げた。

「大丈夫だったろう？」

浴室から戻ってきた莉杏に、いつもの顔に戻った昴が聞いてくる。莉杏は釈然としないものの頷いた。

ソファに移動して、莉杏はベランダから飛び降りたあと、ヒューゴに助けられてからの状況を順を追って話し始めた。

「私、眠っているレオナルドを見つけて、ヒューゴに渡された剣で灰にしようと思ったの。でも刺したら血が流れてきて、父さんの姿に変わった。レオナルドの罠だったのよ、私は父さんを殺したと思い込んで、絶望した……」

濡れた頬《ほお》を拭《ぬぐ》いながら、莉杏は語った。昴は驚愕に息を呑み、フレッドは顔を強張らせて硬直した。

「そんな恐ろしい技を使うのか。確かにあいつの目を見たとたん、金縛りに遭ったように身体が動かなくなったが……」

昴はレオナルドの能力に畏怖《いふ》したように呟くと、身を乗り出してきた。

「幻影を見せる能力があるんだろうか？」

「あいつの術中にはまったら、まずいね」

昴とフレッドは意見を交わしながら、顔を引き締めている。

「リアン、大好きなお父さんを殺したと思っちゃったんだね。残酷な真似《まね》をする奴だな……許せないよ」

フレッドは莉杏の苦しみに同調したように、額に手を当てて悔しそうにする。

「それから、どこかの洞窟《どうくつ》みたいなところに閉じ込められていたの。レオナルドは私の血を吸わなかったけど、私はレオナルドの瞳のせいで毎晩のように意識を失って、目が覚めると背中が焼けつくように痛くて……だから私、背中がひどいことになっていると思ったんだけど」

莉杏が気にするように背中を振り返ると、ようやく合点がいったように昴が頷いた。

「それは気になるな。屋敷に戻ったら、クリスか悦子《えつこ》に診《み》てもらうといい。……俺たちが見たところ、特に変わった点はないが……」

「リアン、あんなふうにあられもない姿を俺たち以外の前でさらしちゃ駄目だよ！　ドキドキしちゃったよ、できるなら俺だけに見せてほしかったなぁ」

とんでもないことをフレッドが言い出し、莉杏は我に返って、ぽっと赤くなった。言われてみればフレッドと昴が《守護者》とはいえ、異性相手に素肌をさらすなんて、恥ずかしいことこの上ない。さっきは切羽詰まっていて信頼する二人に聞きたいと思ったのだが、よく考えたらとても恥ずかしくなった。

「そういうことを言うんじゃない」

昴がすかさずフレッドの頭にげんこつを落とす。痛かったのかフレッドが頭を押さえて呻《うめ》いている。

二人のいつも通りの様子に、自然と莉杏も笑顔になった。こんなふうにまた三人で楽しく会話できるなんて思っていなかった。嬉しくて、何だかまた泣きたくなってくる。嬉しいのに泣きたいなんてとても変だ。莉杏は涙をぐっとこらえて、レオナルドについて話さなければと口を開いた。

「レオナルドは自分だけがレベル2の《不死者》を生み出せると言っていた。私、レオナルドがどうして《不死者》になったか聞いたの。二人は薔薇騎士団に聖杯が隠されていたって知っていた？　レオナルドが《不死者》になったのは聖杯が関わっていたんだけど……」

莉杏は探るように二人に尋ねた。聖杯と言われてフレッドはきょとんとした顔になり、昴は何かを思い出すように顎に手を当てる。

「聖杯って何？　よく映画とか物語に出てくるアレ？」

フレッドはほとんど知識がないようで、昴に聞いている。

「大昔に薔薇騎士団が聖杯を所有していたが、いくつもの戦争のどさくさにまぎれてなくなったと聞いたことがある。正直、聖杯といっても、ただの古い杯を特別視しているだけだと思っていた。レオナルドの誕生に関わっていたってことは、本物の聖杯だったのか」

昴は莉杏の話を聞き、考えを改めたようだ。昴にしても聖杯についての知識はその程度で、莉杏の預言についてはまったく知らないようだった。二人が何も知らないことに莉杏は安心した。やっぱりフレッドと昴は信頼できる。

莉杏はレオナルドが薔薇騎士団から聖杯を盗んで、永遠の命を願って、聖杯の液体を飲み続けたという話をした。聖杯の液体を飲んでいる間は不老不死だったこと、聖杯を薔薇騎士団に奪われそうになった時、壊したことも。レオナルドはその後、ひどい飢えを感じて人の血を吸ったことで《不死者》になったとくると、二人とも詰めていた息を吐き出すようにほうっと肩を落とした。

「なるほど……。《不死者》の王はどこから生まれたのだろうとずっと疑問だった。能力者のなれの果てかと思っていたんだが、聖杯の力だったというわけか」

莉杏の話に聞き入っていた昴が、首をかしげた。

「それで何故お前を？　聖杯とどういう関係がある？　レオナルドが聖杯を欲しがっているのは分かったが、お前を攫《さら》っていった理由はなんだったんだ？」

昴にいぶかしげに聞かれ、莉杏はふっと黙り込んだ。

二人に聖杯の話をしていいのだろうか。聖杯を得るために、レオナルドや遼は偽の家族を作り大がかりな芝居を打った。ブルーノたちが他言無用の誓いを立てたのは、この事実を知られたら莉杏が多くの心無い人間に狙われると思ったからだ。

「あの……聖杯が何でも叶えてくれるとしたら、二人は何か願うことがある？」

莉杏は秘密を明かすのを躊躇《ちゅうちょ》して、探るように二人に尋ねた。

「何でも？　だったら俺はリアンと世界一周の旅に出かけたいなぁ」

最初にフレッドがあっけらかんと夢を語った。莉杏が目を丸くしていると、フレッドは嬉しそうに馬鹿《ばか》げた話を続ける。

「俺は船旅が好きなんだ。リアンと一緒に大型客船でいろんな国を巡って、愉《たの》しく過ごすのさ。俺は泳ぎも得意だからね、波に揺られながら船から手を振るリアンに声をかけるんだ、一緒に泳ごうよって。それがハネムーンだったら、きっと最高にハッピーな、もががが」

最後のほうは昴に口をふさがれて、フレッドは妄想を中断されてしまう。

「悪い、とても聞いていられなかった」

昴はダメージを食《く》らったように、額の汗を拭っている。

「す、昴は？」

気をとり直して莉杏が聞くと、昴は馬鹿にしたように笑った。

「そういう理《ことわり》を超えた力は使わないに限る。古今東西、神がかった力を悪用してどれほどの奴らが滅んだ？　自分の力でなしえないものを願うなんて傲慢《ごうまん》なんだよ。それでももし本当にそんなものが存在するなら、世界平和でも願ってみるね。本当に叶ったら、信じてやる」

昴は昴らしい現実主義の意見を述べる。

「ハッチはつまらない男だなぁ！　そもそも薔薇騎士団にいる俺らが、魔法のランプみたいな存在を信じなくてどうすんの？」

横からフレッドが昴の頭をこんこんと叩く。その手を払いのけ、昴は眉根《まゆね》を寄せた。

「薔薇騎士団の皆が聖杯の力を信じていようと、俺は自分の見たものしか信じない。能力者の力は見ているから信じられる。だが聖杯は見たことがないから信じられない」

昴とフレッドは真逆の意見を持っていて、まったく嚙み合っていない。そんな二人の様子に、莉杏は構えていた力が抜けた。

フレッドも昴もレオナルドや遼とは違う。健全、といったら変かもしれないが、聖杯の力を悪事に使うような人間ではない。この二人なら信頼できると思った。それが理解できたとたん、今度は聖杯について言うのが恥ずかしくなり、もじもじした。自分が愛した人に贈るなんて、三歳の自分はとんでもないことを言いだしたものだ。

「それで？　その話と、レオナルドがお前を攫ったのとどう繫《つな》がるんだ？」

改めて昴に聞かれ、莉杏はうつむいた。

「あの……私、三歳の時に預言をして……。壊れた聖杯を元に戻すって……。私が預言したとたん、聖杯のかけらが飛んでいっちゃって……」

しどろもどろで伝えていると、フレッドが首をひねる。

「壊れた聖杯を戻すって何？　どういう意味？」

「……」

「えーっと、あの……マルタに壊れた聖杯のかけらをひそかに保管していた場所があって莉杏が言いづらそうにしていると、昴が腕を組む。

「今まで理路整然と話せていたのに、なんでいきなり支離滅裂になるんだ。きちんと話せ」

昴に注意され、莉杏は口の中でもごもごとした。確かにこんな説明では、昴もフレッド も理解できないだろう。意を決して莉杏は大きく息を吸った。

「私、五つに分かれた聖杯のありかを預言したの。四つのかけらのありかは分からないけど、最後の一つは私の中に消えて、私が愛した人に贈るって」

莉杏が一気に言い終えると、二人ともぽかんとした。

数秒後、その表情が一変した。フレッドは腰を浮かし、昴はうつむいて頭をがりがりする。

「ハニー、なんでそんなこと言っちゃったの！　聖杯が欲しい奴がこぞってハニーに群がっちゃうじゃないか！　ただでさえライバルが多いのに、これ以上増やしてどうすんのさ！」

フレッドが拳を振り上げて怒る。

「わ、私だって知らないよ！　私が言ったんじゃないから！　う、ううん、言ったのは私だけど……でも私じゃないの！」

フレッドに責められて莉杏は慌てて否定した。恥ずかしくて、顔がカッカする。

「最悪だな……。なるほど、レオナルドとかいう《不死者》の王様がお前を攫いに来るわけだ。あの遼って奴も、それを知っていたのか？　だから幼いお前は攫われたってわけか？」

遼たちの組織が莉杏を攫った理由を察したようで、昴もげんなりしている。

「俺、もっと強くならなきゃ駄目だな。ハニーを守るには、今のままじゃ駄目だ。次会った時は、あのレオナルドを倒せなきゃ」

フレッドは右手の拳を左手で受け止め、静かな闘志を燃やしている。莉杏としてはできればもう二度とレオナルドには会いたくなかった。《薔薇騎士》の力でも灰にできない相手だ。どうすれば倒せるのだろう。

「聖杯の件は分かった。けど、どうやって逃げ出したんだ？　よくレオナルドがお前を逃がしたな」

昴が気をとり直したように尋ねてくる。

「あの……遼にぃが逃がしてくれたの。遼にぃは全面的にレオナルドの味方というわけじゃないみたい……」

莉杏が言いにくそうに答えると、昴とフレッドは顔を見合わせて舌打ちする。二人は遼を嫌っているのだ。

「屋敷の近くで車から降ろされたんだけど、私、父さんを殺してしまったと思っていたから、帰れなくて……。その時、ヒューゴの車が通りかかったの。最初は助けてもらえて嬉しかったけど、話しているうちにヒューゴが裏切っていると気づいて……ちょうどそこに皆が来たのよ。ヒューゴは、遼にぃと通じてる」

莉杏の明かした事実に、昴もフレッドもショックを受けたようだ。二人にとっては信頼する先輩であるヒューゴが、敵である遼と通じていたのだから当たり前だ。

「おかしいと思っていた。晶《あきら》の入院していた病院の場所がすぐにばれたことといい、腑《ふ》に落ちない点はいくつもあったんだ。だがヒューゴが……」

昴は呻くように呟くと頭を抱えた。

一息ついた頃、昴のスマホが鳴り、迎えの車が到着したことを告げられた。三人は薔薇騎士団の屋敷に帰ることになった。

父さんに会いたい。この目で生きていることを確かめたい。それからゲイリーに真実を聞こう。聖杯に関する話がどこまで本当なのか——自分が思ったよりも大きな力が動いている気がして、莉杏は未来に不安を感じた。

両隣にフレッドと昴がいて、莉杏を守るように付き添ってくれる。二人に再びこうして会えたことが嬉しくて、莉杏は自然と二人の手を握った。

同時に振り返った二人の温かな眼差しを受けながら、莉杏はやっと自分が安全な場所にいることを実感した。

3　聖杯の行方

莉杏《りあん》は約十日ぶりに薔薇騎士団《ばらきしだん》のもとに戻った。

屋敷にいた皆が喜んで迎えてくれた。誰もが莉杏に聞きたいことがあったはずだが、莉杏の疲労した様子とすでに深夜であることを考慮して、今はひとまず休むようにと、莉杏は何一つ質問されることなく解放された。疲れ切っていたし、何より一人になりたかったので莉杏は皆に感謝を伝えると部屋に引き上げた。背中のことだけは気がかりで、寝る前に里島悦子《さとじまえつこ》に診《み》てもらったが、特におかしな点はないという。悦子は《癒やす者《ヒーラー》》で《不死者《アンデッド》》に襲われた傷や怪我《けが》を治す力を持っているのだ。その彼女が何もないと言ってくれたのでやっと安心できた。

朝、目覚めて、明るい日差しを感じて、莉杏は当たり前だと思っていたことがこれほど嬉《うれ》しいことに気づかされた。足枷《あしかせ》もない、監視者もいない、自分はもう自由だ。

ニットのセーターにえんじのスカートを合わせ、莉杏は部屋を出た。ゆっくり朝食を食べたあと、ゲイリーに呼ばれ、応接間へ行った。応接間にはゲイリー、フレッド、昴《すばる》、悦子、アーノルドが集まっていた。アーノルドはひょろりとしたそばかすが印象的な優しい男性で、遠くのものまで見ることができる《神の眼《ゴッドアイ》》の能力者だ。

「リアン、君が無事で本当によかった」

ゲイリー・ダーナは莉杏に微笑《ほほえ》むと、改めて言った。ゲイリーは白髪の老紳士で、《判断する者《ジャッジメント》》の能力を持つ。《判断する者》はあらゆる事案を判断する能力に長けている。莉杏にとっては優しく頼りになる祖父のような存在だ。

「昨日より血色がいいわね」

悦子が莉杏を軽く抱きしめる。悦子は莉杏の通う聖マリア女学園の養護教諭でもあり、大人の魅力たっぷりの美女だ。

「信ジテタ、リアン強イ」

アーノルド・シュミットがにこにこして莉杏を見つめる。

執事の二条《にじょう》が全員のお茶を淹《い》れていると、夏目《なつめ》とクリスも現れた。夏目は莉杏と同《おな》い歳《どし》で、聖マリア女学園に通っている《天使の耳《エンジェルイヤー》》の能力者だ。クリスは莉杏たちの通う学校の理事長であり神父でもある。悦子と同じ《癒やす者》の能力を保持している。

「莉杏、心配したよ！」

夏目が莉杏の顔を見て、安心したように顔をほころばせる。莉杏も夏目に思わず駆け寄った。夏目は莉杏が攫《さら》われた闘いの際、レオナルドにひどく痛めつけられていた。

「夏目こそ大丈夫？　私も心配だった……」

莉杏が聞くと、にやりと笑われる。

「君に心配されるようじゃ、私はおしまいだよ」

相変わらず意地悪な言い方だが、今はそれさえ嬉しかった。黒いジャケットにストレートジーンズという出で立ちで、今日も美少年にしか見えない。夏目にハグされて、莉杏は目がうるうるした。

「リアン、あなたの無事を毎日祈っておりました。心から神に感謝します」

クリスも莉杏の無事を神に感謝し微笑む。

再会を喜び合ったあと、莉杏は待ちきれないといったそぶりで口を開いた。

「父さんはどこで治療されているんですか？　私、会いたい……会って無事を確かめたいの」

莉杏は腰を下ろすのももどかしく、ゲイリーに向かって聞いた。朝起きた時もゲイリーに聞いたのだが、その時はあとで話すと言葉を濁されてしまったのだ。ゲイリーは難しい面持ちになり、莉杏を座らせる。二条が全員分のお茶を淹れると、一礼して部屋を下がった。

「リアン、ブルーノは戦闘の最中に《不死者》に少し血を吸われてしまった。そのせいで今我々が管理する病院で治療中なのだ。もちろん話すこともできるし、昨夜《ゆうべ》私が直接ブルーノにリアンが無事だったと伝えたよ。ブルーノは涙を浮かべて喜んでいた。あとで病院に一緒に行こう」

ゲイリーからブルーノの状態を教えられ、莉杏は心配でたまらなくなった。血を吸われたなんて大丈夫だろうか？　早く会いたいが、その前にゲイリーは話しておきたいことがあると言う。莉杏はすぐにもブルーノに会いたいのを我慢して頷《うなず》いた。莉杏も聞いておきたいことがあった。

「学校や生徒はどうなったんですか？」

莉杏は学校について尋ねた。寮を大勢の《不死者》が襲ったのだ。莉杏は夏目と協力して生徒を逃がしたが、どうなったのか知らない。思い出すだけで息苦しくなる記憶だった。

「君のおかげで死者は出ていない。逃げる際に転んだりして怪我した者もいたが、全員無事だ。表向きは不良グループが聖マリア女学園の寮を襲ったということになっている」

ゲイリーが苦々しげに語る。だが誰も死んでないと聞き、ホッとした。自分の見た予知夢は現実にならなかったのだ。

「セキュリティに問題があると騒ぎになりましたけれどね。現在学園の周囲により厳重な警備システムを設置し、同じような問題が起こらないよう対策を立てています。もっとも《不死者》相手ではどれほど効果があるのか分かりませんが」

神父のクリスは、心労を滲《にじ》ませた。

寮を襲撃した《不死者》の扱いが、不良グループになっているのは、世間に《不死者》の存在を明かすわけにはいかないから、苦肉の策なのだろう。寮の窓ガラスの大半は割れ、廊下の壁やドアはひどく破壊されたそうで、聖誕祭は中止になり、生徒は翌日無事を確認してから全員自宅に帰されたそうだ。

新学期が始まるのは例年であれば三日後の一月七日からだが、まだ修復と警備システムが万全ではないという理由で、十日まで冬休みだという。

「今まで《不死者》がこれほど派手に襲ってきたことはない。おそらくリアンを攫うためだったのだろうが、ブルーノたちが来日するのを知っていたのではないかという意見も出ている。レオナルドは、君を攫うのと同時に、ブルーノやほかの薔薇騎士団のメンバーを消すつもりだったのではないかと」

ゲイリーが薔薇騎士団の意見を語ってくれた。

「皆も知っての通り、ヒューゴが敵に情報を漏らしていたという事実が明るみに出た。マルタでは大騒ぎだ。名門ヴェルディ家からこのような者が出てくるとは……」

嘆かわしげにゲイリーはこめかみを押さえる。

ゲイリーに促されて、莉杏は攫われてから自分の身の上に起きた出来事をできるだけ丁寧に話した。戦闘があった場所からどこか洞窟《どうくつ》のような場所へ連れていかれたこと、そこがどこかは分からないが大勢の《不死者》が隠れ住んでいること、罪もない人が食糧と呼ばれ毎週捕らえられていること、莉杏は時々言葉に詰まりながら語った。ゲイリーは早急にその場所を探すと言ってくれたが、場所の見当もつかないことを思えば簡単ではないだろう。

「ゲイリー、レオナルドについて俺たちはくわしく知らされていなかったが、薔薇騎士団にはそいつの情報があったんだろう？　《不死者》の王と呼ばれているらしいな。あいつの赤い目を見たら、フレッドは金縛りに遭ったように動けなくなったが……」

昴が気になったようにゲイリーに尋ねた。

「リアンを攫ったのがレオナルドだと分かった時、我々は動揺した。まさかあの忌《い》まわしい悪魔が我々の前に現れるとは……」

ゲイリーは皆の視線を避けるように目を閉じる。

「レオナルドは特別な《不死者》だ。《薔薇騎士《ローズナイト》》の剣でも灰にできない。数代前の世代が彼と闘い、薔薇騎士団は一時壊滅状態に陥ったことがある」

ゲイリーの呟くような声に、夏目や悦子、クリス、アーノルドが動揺したそぶりを見せた。

「過去の話として聞いたことはある。あの闘いで私たちをいたぶった長い金髪の男がそうだっていうのか」

　夏目は信じられないという目つきで、ゲイリーを見据えた。レオナルドについて知っていることを話してもらおうと思ったが、それを遮るようにノックの音と共に二条が顔を出した。

「シルビア様がいらっしゃいました」

　二条に案内されて部屋に入ってきたシルビアは一晩ですっかりやつれていた。いつも身体《からだ》のラインが分かるような隙《すき》のないかっちりした服を好んで着ていたのに、今日は服装にまで気が回らなかったのか、だぼっとしたセーターにストレートジーンズ姿だ。

「シルビア、ヒューゴはどんな様子だ？　何か話したか？」

　ゲイリーは労《いたわ》るようにシルビアを迎え入れ、隣に座らせた。シルビアはその場にいる全員を見回し、整った顔に苦渋を滲ませた。

「今回は私の不出来な弟がすまないことをした……」

　シルビアは絞り出すような声で謝ってくる。誰も何も言えず、どこか気まずい空気が流れる。

「現在、ヒューゴはブルーノが治療を受けている建物の地下に隔離している。ヒューゴの力をもってすれば逃亡はたやすいので、ロンが見張っている」

　シルビアの報告に莉杏は複雑な気持ちになり、うつむいた。ヒューゴはブルーノを裏切っていた。それなのに同じ建物に連れていっても大丈夫なのだろうか。ブルーノと同じ建物にいることを、どう思っているのだろう。

「リョウという男に情報を渡したことは認めた。だがリアンの学校に関しては何も教えていないそうだ」

シルビアによると、ヒューゴが渡した情報は、莉杏の母である晶《あきら》の入院先、ブルーノの来日するスケジュールのみだという。本当かどうかは分からないが、とシルビアは唇を歪《ゆが》めながらつけ加えた。

「ヒューゴは遼《りょう》にぃとどこで知り合ったんですか？　遼にぃは《薔薇騎士》だから、《守護者《ガーディアン》》であるヒューゴは逆らえなかった可能性もあるんじゃないですか？」

莉杏が身を乗り出して聞くと、シルビアは眉根《まゆね》を寄せた。

「弟をかばってくれてありがとう。だが、リョウに関して話さなかった時点で、弟の行動は裏切りに該当する。それよりリョウが《薔薇騎士》というのは事実なのか？」

莉杏はこくりと頷いた。

「私を逃がしてくれた時、《不死者》を灰にするのを見ました……」

莉杏の実の兄である可能性もあることは、黙っておいた。真実はブルーノに会えば分かるはずだ。

「俺も一度闘ったけど、力を出せなかった。あいつは《薔薇騎士》だ」

莉杏に続いてフレッドも証言する。

「そうか……。ヒューゴは今のところ、リョウに関して何も話す気はないようだ。どこで知り合ったのか、いつから知り合いだったのか、何一つ分かっていない」

シルビアはため息を吐《つ》いた。マルタにある薔薇騎士団でブルーノを守っていたヒューゴと、長い間日本で暮らしていた遼との接点――一つだけ、もしかしたらと思った。でもそれを口にするのは気が重い。

「《守護者》が自分の《薔薇騎士》を裏切るなど、かってないことだ。《薔薇騎士》に対する忠誠心においては、ほかの能力者とは比べ物にならないくらい強いのに……。どうしてヒューゴはブルーノを裏切れたのか」

ゲイリーが憤《いきどお》ったようにテーブルを叩《たた》く。

ふいにヒューゴが叫んだ言葉を思い出した。莉杏は動揺して視線を落とした。

『俺は聖杯なんかどうでもいい、俺の真の願いは君に特別な一人として愛されることだ』

――ヒューゴの狙《ねら》いは聖杯ではなく、私？　莉杏にはヒューゴの気持ちが分からない。ヒューゴとは幼い頃、遊んだことがあるかもしれないが、子どもの……記憶にもない頃の話だ。それなのにあれほど熱い想《おも》いを抱くものだろうか？

「ゲイリー、それに関しては、ヒューゴは……心を狂わせるほどにリアンを愛してしまったと私に訴えてきた。ブルーノを、ひいては薔薇騎士団を裏切るつもりはなかったと言っている」

シルビアがちらりと莉杏に視線を投げ、言いづらそうに口にした。その場にいた全員が莉杏に集中した。莉杏は真っ赤になってうつむいた。フレッドは目を吊《つ》り上《あ》げて怒りだす。

「あいつ死刑でいいんじゃない!?」

腰を浮かせて怒鳴ったフレッドに、昴の鉄拳《てっけん》が飛んだ。

「フレッド、嫉妬《しっと》はみっともないからやめろ」

フレッドに容赦ない一撃を加え、昴が話を戻す。

「ヒューゴのことはともかく、ゲイリーに確認しておきたいことがある」

痛みに呻《うめ》くフレッドを尻目《しりめ》に、昴が切り出した。

「俺たちは莉杏からこれまで知らなかった事実を聞いた。レオナルドは聖杯を欲しがっていて、聖杯の鍵《かぎ》を握る人物というのが莉杏だというものだ。かつて薔薇騎士団が聖杯を所有していて、それをレオナルドに奪われたというのは本当か？　真実だというなら聖杯の力で《不死者》になったといっても過言ではないだろう。それについて、教えてほしい」

昴が居住まいを正して、ゲイリーに鋭い視線を向ける。ゲイリーは逡巡《しゅんじゅん》するように顔を撫でた。

「そこまで知っているなら、ごまかせないな。……だが、レオナルドのことは限られた者だけが知る重要機密だ。《不死者》の王と呼ばれ、《不死者》を生み出す怪物が、我々の宝である聖杯から生まれたことを認めるわけにはいかなかった。彼は薔薇騎士団の闇《やみ》なのだよ」

昴の詰問を避けるように、ゲイリーは二条の淹れたお茶に口をつけた。莉杏は黙っていられなくて、口を開いた。

「ゲイリー、私、預言について思い出したんです」

莉杏の一言で、ゲイリーの顔がサッと青ざめ、莉杏の口を閉ざすように椅子《いす》にかけてあった杖《つえ》で床を強く叩いた。その音で、ぴしりと空気が張り詰める。

「聖杯の預言に関しては、ブルーノ一家と、《判断する者》のみが知ることだ。我々は誰にもこの秘密を漏らさない誓いを立てた。それゆえ私の一存で語ることはできない」

ゲイリーは表情を押し殺して、断言した。夏目やクリス、悦子とアーノルドは説明を求めるように莉杏たちを見ている。

「けど、それがすべての原因なんだろ⁉　《不死者》の王がリアンを狙っているのも！」

フレッドは苛々《いらいら》とテーブルを叩く。

「……かつて薔薇騎士団が聖杯を所有していたという噂《うわさ》を聞いたことがあります。まさか実在していたのですか？」

クリスは驚きを隠しきれずにゲイリーを見据える。

「莉杏が三歳の頃まで、壊れた聖杯を保管していたんだ。そうでしょう？　ゲイリー」

昂が畳みかけるように言う。ゲイリーは頑なに口をつぐみ、昂を睨《にら》み返《かえ》す。

「莉杏から聞いた話では、聖杯は五つに割れていた。莉杏が預言するまで、がらくた同然だったんだ。違いますか、ゲイリー？」

ゲイリーが畏《おそ》れるように莉杏を見つめる。

「そこまで知っているのか、しかも軽々しく口にするとは……。我々が他言無用の誓いを立てたのは、すべて君を守るためだったのに」

ゲイリーは珍しく感情を露《あらわ》にして、莉杏を叱《しか》るような口調になった。莉杏は一瞬だけ怯《ひる》んだが、この場にいる皆を信頼していることを分かってもらおうと思い、キッと目尻を上げた。

「私は皆に知っておいてもらいたい。ゲイリー、あなたの知っていることを話してほしいの。あなたが言わないなら、私が話します」

莉杏が凜《りん》とした空気を伴って言い切ると、ゲイリーの厳《いか》めしい顔つきがとたんに崩れた。ゲイリーは大きく首を振ると、両手で顔を覆い、深い呼吸を繰り返した。

「そうか……、まさに今がしかるべき時ということなのか？」

ゲイリーは興奮したような、感極まった様子で呟いた。

皆に知ってもらおうと、莉杏は小さい頃にした預言を伝えた。誰もが動揺し、莉杏を凝視してきた。シルビアやクリスの視線は特に複雑なものだった。莉杏を崇拝するようなものと、異物を見るような両極端なものが混じっていたのだ。夏目は呆気《あっけ》にとられている。フレッドと昴だけはいつも通りで、莉杏は救われる思いだった。

「リアン、ひょっとして君は、レオナルドの襲撃を知っていたのではないか？」

ゲイリーが確認するように尋ねてきた。いずれ話さなければならないと思っていたので、莉杏は素直に認めた。

「確かに悪夢を見ました。恵美《えみ》が襲われる夢と、寮が襲われる夢を……」

莉杏が答えると、ゲイリーがほうっと吐息をこぼした。

「やはりそうか。あの闘いの後、ナツメからリアンが闘いに備えていたと聞き、もしや《先視の声《ヴォイス》》としての能力が戻ってきたのではないかと思ったんだよ」

ゲイリーは何度も頷く。そういえば悪夢を見た朝は、いつも額がずきずきと痛んだ。あれは能力を使ったためだったのだろうか。

ゲイリーは莉杏の態度を見て、ようやく決心したようだ。

「リアン、君は尊敬すべき《薔薇騎士》で、もう大人といってもいい歳《とし》だ。分かった、私の知っていることを話そう。……かつて薔薇騎士団は教皇、いわゆるローマ法王から聖杯を託された。薔薇騎士団は教会と密接な関係を持っていて、影の存在として教皇を助けていたのだ。聖杯は争いの道具にならないよう秘密裏に保管されていた。だが、それをあの悪魔が盗んだのだ」

ゲイリーが語るのを、皆が黙って聞く。

「記録によると、レオナルドという名前と貴族の息子ということだけ分かっている。薔薇騎士団に潜り込んだレオナルドは、ひそかに聖杯を奪い去った。そして聖杯の力によってあの男は長きに亘《わた》り、生き続けるようになった。その聖杯を奪い返そうとした時、レオナルドが聖杯に命じ、聖杯は壊れた。五つに分かたれたのだ。我々は聖杯のかけらを集め、マルタにある聖ヨハネ准司教座聖堂の地下にひそかに隠した。数百年も前の話で、当時の総帥と《判断する者》しか知らない隠し場所だった。ある日、ブルーノは三歳のリアンと家族と共に聖堂を訪れた。その頃、ブルーノはまだ総帥ではなかった。荘厳な建物を見せたくて愛娘を伴っていたにすぎない。だがリアンはそこで、聖杯に関する預言をした。ミカエルとあとサリエリという者も一緒だった。幸いにして聖堂は閉館されていたため、薔薇騎士団の者しかいなかった」

ゲイリーの説明に、莉杏は胸を打たれた。あの記憶は本物だった。あそこは聖堂だったのだ。

「ブルーノから連絡を受け、我々《判断する者》は緊急に集まり、莉杏の預言について話し合った。明るみに出すには危険な預言だ。まだ三歳の少女をめぐって、血で血を洗う闘いが繰り広げられるかもしれないのだから。特に母親のアキラは預言が公になることに対して神経質になった。娘の身を案じたのだろう。我々は、今回の預言は非公開にすべきと判断し、沈黙の誓いを立てた。それが、よりによって《不死者》の王に知られていたとは」

　ゲイリーは憂鬱《ゆううつ》そうにため息交じりで言った。問題はその情報を漏らしたのは誰かということだ。莉杏は自分の考えを口にした。

「遼にぃもヒューゴも、聖杯について知ってた。私……思ったんだけど、遼にぃが本当の兄さんだったなら、預言のことも知っているはず。そうでしょう？　それにヒューゴは兄のアンリとよく遊んでいたと言ってた。だったら、ヒューゴがアンリから聞いた可能性はある。やっぱり遼にぃはアンリなんじゃないかな……」

「それは違う」

　ゲイリーが莉杏の説を一瞬で打ち消した。

「ブルーノが言っていた。あのリョウという男はアンリではない、と。ブルーノは実の父親だ。幼いアンリしか知らずとも間違えるわけがない」

　ゲイリーにはっきり否定され、莉杏は黙り込む。遼は兄ではない――だとしたら、母が遼を見て、アンリの名を呼び、錯乱したのはどうしてだろう？　遼は父親をブルーノに殺されたと言っていた。ブルーノは遼の正体について知っているのだろうか？　いくつもの疑問があったけれど、それはブルーノに直接聞こうと思った。

「それから……大切なことを一つ。レオナルドには弱点があると、遼にぃは教えてくれました。五年活動するために、十三年の眠りが必要だと」

莉杏は遼が言っていたことを思い出して、皆に明かした。昴やフレッド、夏目やシルビアにぴりっとした空気が走る。ゲイリーは合点がいったように、目を輝かせている。

「そうか、そういうわけだったのか！　――《不死者》の増減について、我々は前々から疑問を抱いていた。ある一定の時間、《不死者》は極端に減るのだが、しばらくすると増える。《不死者》を生み出す者には何か連続で生み出せない理由があるのではないかと推測はされていた。ここ一年、急激に《不死者》が増えたのも、レオナルドが眠りから覚めたからだとすれば、納得がいく。確認する必要があるが、有力な情報だ」

ゲイリーは深く頷く。

「聖杯の話だが、今のところ一つも見つかっていないんだな？」

昴が話を戻す。莉杏の預言は抽象的で、聖杯のかけらを探しだすのは困難だろう。

「我々は他言無用を誓ったが、ひそかに聖杯を探し続けた。もっとも今のところひとかけらさえ見つかっていないがね。それらしき場所にも行ったが、分かったことは何一つない。幼かったリアンは預言したものの、何も覚えていなかった。おそらく聖杯探しのキーは、しかるべき時を迎えた今のリアンなのだろう」

ゲイリーが重々しく言い、室内は静まり返った。皆が莉杏を見つめてきたので、慌てて首を振る。

「私は何も分からない。どうしてそんなこと言ったのかもぜんぜん分からないし……」

聖杯のありかを求められているようで、莉杏は焦った。

「リアンの話から判断すると、《不死者》の王も聖杯のありかは知らないようだね」

フレッドもうーんと唸《うな》る。

「聖杯探しか……面白そうじゃないか」

昴がにやりと笑って、フレッドに目配せする。昴は信憑性《しんぴょうせい》が増したとたん、興味を惹《ひ》かれたようだ。フレッドも目を輝かせてウインクする。二人は同時に莉杏を見つめる。嫌な予感がして、莉杏は顔を引《ひ》き攣《つ》らせた。

「本当に男は好きだね、そういうの。くれぐれも莉杏を危ない目に遭わせないようにしろよ」

夏目が呆《あき》れたように肩をすくめると、慰めるように莉杏の肩をポンと叩いた。


その日の午後、莉杏はブルーノが治療されている隔離棟と呼ばれる建物に向かった。

薔薇騎士団の屋敷から車で十五分ほど離れた場所にある白い五階建ての建物が、《不死者》に襲われた人を治療したり、問題が起きた人を収容するための施設らしい。周囲は雑木林で、広大な私有地の一画にある。外観は病院か何かの研究室に見えなくもないが、窓が極端に少なく看板も表札もないので、何の建物か分からない。

ゲイリーに案内され、莉杏はフレッドと昴と一緒に建物の入り口にある回転扉の前に立った。一人ずつ扉の先の筒状になった部屋に入り、武器や不審物を持っていないか調べられてから中に入る。扉を通ると、その先にはがらんとした無機質な空間が広がっている。受付カウンターらしきものはあるが誰もいないし、壁に沿ってぐるりと長椅子があるが誰一人座っていない。

ゲイリーは受付カウンターに進むと、そこにあるパネルを操作した。しばらくすると奥にあるエレベーターが開き、白衣姿の男性が降りてきた。首からネームタグをつけているところを見ると、ここの職員のようだ。

「お待ちしておりました。総帥は三階です」

白衣の男性は薔薇騎士団のサブメンバーで井上《いのうえ》と名乗ると、莉杏に握手を求めてきた。この建物は二階から五階までが病室で、症状の重さによってフロアが異なるそうだ。病室といっても、ふつうの病気の人はいない。《不死者》に襲われた者が隔離される施設なのだ。母親の晶もここにいるのかと思ったが、違うと井上に申し訳なさそうに言われた。母の所在は井上も知らない。《癒やす者》である悦子は薔薇騎士団の屋敷に部屋を持っているが、ふだんはここに常駐しているらしい。

ブルーノは治る見込みあり、ということで三階にいるそうだ。総帥といえどもほかの患者と同じ扱いらしい。莉杏のクラスメイトの前園《まえぞの》恵美もここで治療を受けている。恵美はいつ《不死者》になるか分からないということで、もっとも症状の重い者が治療を受ける五階にいる。《癒やす者》以外は面会不可のため、莉杏は会うことはできない状態だ。

莉杏たちは井上に案内されて三階へ向かった。

三階には部屋がいくつもあった。病室ごとに頑丈な仕切りがあって、ドアにはパスコードを入力するパネルが設置されている。万が一、《不死者》になってドアを壊して逃げ出す者が出たら、即座に警報が鳴るシステムらしい。治る見込みがある患者の病室でも厳重なロックがかけられている。莉杏は息苦しくなった。

こんな場所にブルーノは入れられているのだ。ブルーノが助かるなら何でもするのにと思いつつ、病室に入った。

「父さん！」

病室にはカプセルが置かれ、そこに青い顔で白い入院着を着たブルーノが横たわっていた。両腕、両足首には拘束具が嵌《は》められ、まるで危険人物のようだ。ブルーノの両足はどす黒く変色していて、人間の肌の色とは思えない。莉杏は青ざめて枕元《まくらもと》に駆け寄った。

ブルーノは簡単には割れない強化ガラスのカプセルに入っていて、莉杏の声が届いているのかさえ分からない。何度も大声で名前を呼ぶと、閉じられていたブルーノの日が開いた。

「リアン……」

ブルーノが弱々しげに微笑む。莉杏はブルーノに触れたくて井上を振り返ったが、駄目だと首を横に振られた。

「総帥は闘いの最中、《不死者》に血を吸われました。《不死者》の毒が残っているのです。完全に《不死者》の毒を取り除くにはあと一ヵ月は必要でしょう。これでもだいぶよくなってきたんですよ」

井上がカルテを見ながら説明した。莉杏は涙ぐんでブルーノを見つめた。井上はパネルを操作し、カプセルの中の声が聞こえるようにしてくれる。

「お前が無事でよかった。それだけが心配だった。リアン、私は大丈夫だ」

ブルーノの声に張りはなかったが、力強い眼差《まなざ》しで莉杏を見つめてくる。莉杏は洟《はな》をすすって何度も頷いた。ゲイリーが経過報告と莉杏から得た情報を淡々と述べる。ブルーノは黙って聞いていたが、聖杯の話になると悲しげに瞳《ひとみ》を揺らした。それからもう一度、遼はアンリではないと断言した。莉杏は迷いながらも、ここにいるメンバーなら聞かれても構わないだろうと、口を開いた。

「遼にぃは、父さんを父親の仇《かたき》と言った。父さん、何か心当たりある？」

莉杏が顔を曇らせながら聞くと、ブルーノが苦しそうに目を閉じた。

「彼を見て、思い出したことがある……。かつて《薔薇騎士》だった日本人の男で、《不死者》になった者がいた。私は彼をこの手で灰にした。彼には子どもはいなかったはずだが、父の仇というならあの男の息子だろう。彼の顔には、あの男の面影があった……、もしあの男の息子なら、私を憎むのも仕方ない」

ブルーノはやるせない過去を明かす。莉杏は遼の素性を知りたくて、ガラスに手をついた。

「その人の名前は？」

「コウイチ・カンバラだ。今でも忘れられない。コウイチは《不死者》になったあと、敵に寝返り、我々と闘う道を選んだ。死ぬことを恐れたのだ。私は薔薇騎士団の一員として、《不死者》になった彼を見逃すことはできなかった。同じ《薔薇騎士》だった同志を灰にするのはつらかったが……」

ブルーノは目を伏せ、過去の苦しみに頬《ほお》を歪めた。

「コウイチなら私も覚えている。結婚はしていなかったはずだが、彼の息子があのリョウなのか。だとしたら《薔薇騎士》の能力を受け継いだのも納得がいく。だが完全なる逆恨みだ。コウイチは薔薇騎士団の一員として、潔く死を受け入れるべきだったのだから」

ゲイリーが憤慨した様子で語る。二人とも遼の母親については知らないようだった。

ブルーノたちの主張は正論だが、たとえどんな理由があったとしても、もし莉杏がブルーノを殺されたら、やはり殺した相手を憎むだろう。

「そろそろ身体に障《さわ》るので……」

井上が会話を遮る。退室を促された莉杏はまた来るとブルーノに言ったが、治療が終わるまで来ないようにと厳しい顔で制された。

「リアン、前にも言ったが、お前は自由に生きなさい。今なら私の言っている意味が分かるね？　自分の心が感じたことを信じるんだ」

別れ際にブルーノは莉杏の目を見つめ、穏やかな声で諭した。莉杏はこくりと頷き、病室を出た。

遼の父親の話は、莉杏の心に重くのしかかった。遼の憎悪は莉杏一家に向けられている。けれど遼は敵となってからも、何度も莉杏を助けてくれた。遼の中に良心が残っていると信じたかった。いつか分かり合える日がくるのではないかと莉杏はどうしても期待してしまう。憎しみで凝《こ》り固《かた》まった遼の心を癒やし、ブルーノへの殺意をなくす方法があるのではないだろうか。

エレベーターに乗り込んだ莉杏は、ゲイリーに向き合った。この施設にはヒューゴが捕らえられているはずだ。

「ヒューゴに会える？」

莉杏が聞くと、ゲイリーは迷った末に頷いた。フレッドと昴は顔を引き締め、莉杏の意見に反対するように目と目を見交わした。

エレベーターは地下三階に下りていった。地下三階は、ほかのフロアの病室と同じように仕切りはあるものの、入り口の扉は鉄格子で覆われており、牢《ろう》そのものだった。簡素なベッドとむき出しのトイレのみの狭い空間だ。薔薇騎士団で問題を起こした者や、捕らえた《不死者》を隔離する場所らしい。《不死者》はたいていの拘束具は破壊してしまうため、特殊な拘束具を用いているそうだ。

ヒューゴはエレベーターに近い一画にある牢に入れられていた。あの日と同じ服装のまま、黒い革ジャンは脱いで黒地にペンキをぶちまけたようなTシャツを着ていた。牢の前には見張り役のロンが難しい顔でパイプ椅子《いす》に座っている。莉杏たちが近づくと、ロンは疲れた様子で立ち上がった。ゲイリーはロンの広い背中を叩き、「少し休むといい」と労《ねぎら》った。ロンは無言で頷くと持ち場を離れた。ロンは親友といってもいいほどヒューゴと親しかったらしく、かなり応《こた》えているようだ。

「リアン」

ベッドに寝転がっていたヒューゴは、莉杏の姿を見るなり、目を輝かせて起き上がった。莉杏はどういう顔をしていいか分からず、困惑して鉄格子に近づく。

「おいヒューゴ、何故リョウについて話さない？　総帥を裏切ってあんな男に情報を渡すなんて、薔薇騎士団の一員としてあるまじき行為だろ。これ以上あんたを軽蔑《けいべつ》させないでくれよ」

フレッドが耐えかねたようにヒューゴを責めた。ヒューゴは鉄格子の前に立つと、皮肉っぽい笑みを浮かべて、昴やフレッド、ゲイリーを見やる。

「俺は能力を失っていない」

ヒューゴは長い髪を肩から払い、挑戦するような目つきで言い放つ。莉杏にはよく分からなかったが、昴やフレッド、ゲイリーはハッとしたようにヒューゴを凝視《あざ》した。

「本当に俺が薔薇騎士団を裏切り、地に堕ちた行為をしたのなら、この痣は消えて、能力も失っているはず。けれど俺は未《いま》だに《守護者》で、その気になればこんな牢なんか簡単に出ていける」

ヒューゴはこれ見よがしに左手の甲にある痣を見せつけた。能力者は高潔さを失ったり、間違った道を選べば、痣が消え、能力も失われるのだ。ヒューゴは遼に情報を渡すという裏切り行為をしたはずなのに、まだ《守護者》のままだ。

「俺がここにおとなしく閉じこもっているのは、一応反省しているからと、リアンに対する忠誠の証《あかし》だ。別にお前らガキどもにどう思われようと、痛くもかゆくもない。そもそも俺に起きたことはお前らにも起きうることなんだと分かっているのか？　すましているお前らも、いずれおかしな行動をとる時がくる。それが愛は人を狂わせるってヤツさ」

ヒューゴは囚《とら》われの身とは思えない余裕たっぷりの微笑みを浮かべる。フレッドと昴は黙り込んでしまった。莉杏はますます訳が分からず、口を挟めなかった。

「そういう面の皮が厚いって言うんだぜ」

フレッドはヒューゴを睨みつけて言う。

「ヒューゴ。確かに君から《守護者》の能力が失われていない以上、我々は君の処遇に頭を悩ませることになるだろう。だが、ここを出たいなら、持っている情報はすべて明かすべきだ。君の潔白を我々に示すべきではないか。リョウとどこで知り合ったのか、どういう繋《つな》がりなのか明かしたまえ」

ゲイリーがヒューゴを諭す。ヒューゴはちらりと莉杏を見て、鉄格子に手をかけた。

「話さないとは言っていない。けどシルビアはカンカンで、ヒステリーがすごくてね。ロンはロンで、俺に対する愚痴や詰《なじ》りばかりで鬱陶《うっとう》しくてたまらない。俺はリアンには真実を話すよ。だから少しの間、リアンと二人きりにしてくれないかな」

ヒューゴの出した条件に、フレッドと昴は大反対した。ゲイリーは迷っているようだ。莉杏はヒューゴが自分を危険な目に遭わせるはずはないと本能的に分かったので、皆に離れるよう頼んだ。ゲイリーたちは悩んだ末に、十分だけ時間をくれた。

「何かあったら、すぐ大声を出すんだよ！」

フレッドはぎりぎりまで心配そうに莉杏の傍《そば》にいて、最終的にはゲイリーと昴に引きずられて出ていった。莉杏は鉄格子越しだったが、ヒューゴと二人きりになり、少し緊張した。

「リアン、俺が君を苦しめるつもりもなければ、危険にさらすつもりもなかったということは、分かってもらえる？　俺は《守護者》で、《薔薇騎士》である君を愛《いと》しく思っている。リョウからリアンを解放したと聞き、君を迎えるため車で向かった。君が望んだら、そのまま薔薇騎士団の屋敷に行くつもりだったんだ」

ヒューゴが鉄格子の間から莉杏をじっと見つめ、熱っぽく訴えた。莉杏はどぎまぎして、目を伏せた。

「……何故私を好きなの？　小さい頃の私しか知らないでしょ？　こんなふうに仲間から裏切り者扱いされてまで守られるほどの価値、私にはない」

莉杏はどうしてもヒューゴの気持ちが理解できなかった。ヒューゴは苦笑すると鉄格子から手を伸ばしてきた。

「リアン、俺の手を握って」

ヒューゴに左手を差し出され、どうしようか迷ったが、ヒューゴが手を伸ばしたまま引っ込めないので、おずおずと右手を乗せてみた。ヒューゴは莉杏の手をぎゅっと握ってくる。

不思議だ、と莉杏はヒューゴを見つめて思った。

男性が苦手なはずなのに、ヒューゴと手を繋いでもまったく嫌じゃない。それどころか

何か温かいものが流れ込んでくるような、安心するような、ゆったりした気持ちになる。フレッドや昴と手を繋いだ時と同じで、ほかの人からは感じたことのないものだった。

「分かるだろ、これが《薔薇騎士》と《守護者》の絆《きずな》だ。俺たちはいわばＤＮＡに互いを好きになるよう仕組まれているんだ。理屈じゃ説明できない。俺は幼い頃、君を見た瞬間、恋に落ちた。君は覚えてないだろうけど、プロポーズまでしたくらいさ。俺はどんなものも破壊する力を持っているが、君にだけは手を出せない。俺にとって君は神にも等しい存在なんだ」

ヒューゴの目は莉杏の目をまっすぐ射貫《いぬ》き、情熱的に語った。その瞳に囚われ、莉杏は一歩鉄格子に近づいた。ヒューゴとの距離が縮まり、繋いだ手からヒューゴの莉杏を愛しく想う感情が伝わってくる。

「私は裏切りなんて望んでない……。こんな真似《まね》、しないでほしかった」

莉杏がぽつりと呟くと、ヒューゴの顔が初めて後悔するように大きく歪んだ。ヒューゴは自分を恥じたように目をそらし、右手で鉄格子を摑《つか》む。

「悪かった……」

ヒューゴがかすれた声で言った。莉杏はヒューゴの長い赤毛がさらりと肩から落ちるのを見た。

「今、猛烈に反省している。君にそんな顔をさせるつもりはなかったんだ。リョウは……

彼は敵になる前からの、知り合いだったから」

ようやくヒューゴが真実を語り始めた。莉杏は息を詰めた。

「君がまだヨチヨチ歩きしていた頃の話さ。俺にリョウを紹介したのは、アンリだ」

莉杏は身を乗り出した。兄が、遼を紹介した？

「どういうこと？　アンリは、遼にぃと知り合いだったの？」

「俺はよくアンリと遊んだと言っただろう。アンリは《薔薇騎士》だから、俺は当然好きになった。ある日、アンリが新しい友達を紹介してくれたんだ。それが幼い日のリョウだった。俺たちは皆同い年だったから、すぐ気が合って遊んだ。俺はアンリと同じようにリョウにも親愛の情を抱いた。リョウはいつも手袋をしていてね、親に絶対外すなと言われていたらしい。《薔薇騎士》であることを隠すためだったんだろうな。だから、当時の俺はリョウはふつうの子どもだと思っていた。リョウは《薔薇騎士》としての能力を使っていなかったしね」

ヒューゴは目を細め、静かな口調で続ける。

「リョウはたまにしか一緒に遊ばなかった。ある日、アンリが思い詰めた様子で俺とリョウに君の話をした。そう、聖杯の預言についてさ。俺もリョウもよく分からなかったけど、アンリは君が危険な目に遭うのではないかとひどく心配していた」

アンリの口から、ヒューゴと遼に聖杯の話が伝えられた――。いくらミカエルたちが誓いを立てようと、幼いアンリは大人との約束を守るより、仲間に話すことで安心を得ることのほうが重要だったのだろう。

「その数ヵ月後に、アンリは焼死体となって発見された。ずいぶん経《た》ってから偽装された別人の遺体だと分かったけれど、当時の俺はアンリが死んだと思い大きなショックを受けた。俺は、あの時、リョウを疑ったんだ」

ヒューゴの瞳に暗い影が浮かぶ。

「焼死体が発見される前の日、俺はアンリとリョウが口論しているのを遠くから見ていた。何を言い争っていたのか未《いま》だに知らないが……。俺はリョウがアンリをひどい目に遭わせたのではないかと疑っていた。というのも、聖杯の話を聞いた直後から、リョウの態度がおかしくなったからだ。子どもが殺人なんてできるはずがないと思ったが、疑惑が残った。アンリを焼き殺した犯人は見つからなかったからね。だが、あの焼死体が偽者と分かった時、リョウへの疑いは晴れたんだ。調査の結果、火事で死んだ子どもの死体だと判明した。アンリと似た背格好でアンリの服や靴を履いていたから、皆間違えたんだ。医師が何故嘘《うそ》をついたのかは分かっていないが」

莉杏は明かされた真実に目眩《めまい》を感じた。三人の少年の間に起きた出来事は、一体何を意味するのだろう。遼は聖杯のことを知り、変わったのだろうか？　アンリと遼は何故口論になったのだろう？　ひょっとして——アンリの失踪《しっそう》に遼は関係があるのだろうか。莉杏を攫ったように、アンリも《不死者》の手に堕ちたのだろうか。

「リョウはアンリの失踪後、姿を消した。今思えば、日本に戻り、君の義兄として新しい生活を送るためだったのかもしれないな。今から三年前、俺はバチカンを訪れた際に偶然、リョウと再会したんだ。俺はすぐにリョウだと分かった。リョウは俺に会ったことがあまり嬉しそうではなかった。その時はリョウが君を攫った一味の一人だとは思わず、携帯電話の番号を交換しただけで別れた。本格的に連絡をとるようになったのは、君が薔薇騎士団に保護されてからだ。リョウは俺から情報を得るために、連絡をとってきた。俺は間抜けなことに、その時でさえリョウが《薔薇騎士》であることを知らなかった。だから旧友との再会が嬉しかったよ。今思えば、リョウといる時の妙に離れがたい気分は、彼が《薔薇騎士》だったせいなんだな」

　ヒューゴと遼の関係が莉杏が保護されてから始まったと知り、莉杏は少なからず安堵《あんど》した。ずっとブルーノを裏切っていたのではないと分かったからだ。

「一方で俺は君が生きていると知り、会いたいという欲求が抑えきれずひそかに日本に来て、遠くから君の姿を見た。幼い頃の恋心が再燃したよ。顔を見ながら話したかったが、勝手に来日したのがばれたら、ブルーノから怒られるのが分かっていたから、我慢するしかなかった。ブルーノと一緒に君と会うことができた時、俺がどれほど興奮したか……。君がブルーノと会った夜、薔薇騎士団の屋敷に《不死者》が現れたと騒ぎがあっただろ

う。あれは俺がリョウと会っていたせいだ。リョウはスミスという《不死者》を伴ってい
た。アキラの入院している場所をリョウに教えたのは、俺なんだ……。俺はリョウに質問
されると黙秘できず答えてしまう。その時、彼が《薔薇騎士》だと知ったんだ」
《薔薇騎士》である遼に命令されたなら、ヒューゴは逆らえない。ヒューゴの行為は裏切
りというより不可抗力という気がする。
「どうしてそれを皆に言わないの?」
莉杏にはヒューゴがこんな牢に閉じ込められている理由が分からない。情状酌量とまで
はいかないかもしれないが、事情を伝えれば牢には入れられなかった気がする。
「言い訳みたいで見苦しいだろう。それに皆から裏切り者と罵《のの》しられると、だんだん事情を
話すのが面倒になった。もちろんブルーノに聞かれたら答える気ではいたよ。でもその前
に君がやってきた。俺としては、願ったり叶ったりさ」
ヒューゴは現状を重々しく受け止めていないようで、さらりと答える。ヒューゴは《薔
薇騎士》にだけ真摯《しんし》な態度でいればいいと思っているようだ。
「俺はあの闘いの時、君を連れ去るチャンスが来たと思った。頃合いを見て君を助けに行
くつもりだった。ところが戦況は思わしくなく、抜け出す余裕がなかった。ようやくあの
場に行った時には、もう君はいなかったんだ。俺がどれほど己を呪《のろ》ったか……」
ヒューゴは悔しそうに唇を噛《か》む。棺《ひつぎ》の中に隠れてしばらくすると眠ってしまったので、

もしかして睡眠ガスでも仕込まれていたのでは？　と莉杏は疑っていたのだが、ヒューゴは何もしていない、おそらく棺の中は空気が薄くて眠くなったんだろうと言った。

「私を連れ去ってどうするつもりだったの？　いきなり二人きりになっても困るよ……私、男の人苦手だし」

莉杏は改めてヒューゴが綿密な計画を立てていたわけではないことを確認した。薔薇騎士団のメンバーなのに自分を連れ去るなんて、突拍子もないことをよく考えたものだ。

「南の島へバカンスに行ったんじゃないかな。男が苦手でも関係ない、絶対に俺を好きにさせてみせるよ。俺はイタリア男だから、情熱的なんだ。一緒にいれば、きっと君は俺を好きになる。俺は魅力的な男だからね。二人きりになることが重要なんだ」

堂々と宣言するヒューゴに、思わず莉杏は笑ってしまった。この自信は莉杏にはないもので、羨《うらや》ましくもある。怒らなきゃいけないのに、どうしても怒れない。

「俺はいつも思うようにしか生きられない。これまではブルーノやほかの《薔薇騎士》を守ることが俺のやりたいことで望みだった。だが、今は違う。今俺が守りたいのは君ただ一人だ」

ヒューゴは断言した。ヒューゴは自分の欲望に忠実な人間なのだろう。そのこと自体は悪くないのかもしれない。ただ時と場合による。昴がヴェルディ家はマルタでも有数の名家だと言っていた。ヴェルディ家の人間がこんな牢に入れられる騒ぎを起こして、一族の者に誹《そし》られるのではないだろうか。とはいえヒューゴが本格的に薔薇騎士団を裏切ったのではないと知り、ホッとしていた。

「《薔薇騎士》と《守護者》の絆って何？　そんなものだけで誰かを好きになってしまうの？　聖杯欲しさに好きと言われるほうがまだ理解できるよ。私自身に好かれる価値なんてないのに」

莉杏は鉄格子から身を引こうとした。それを阻止するようにヒューゴはぐっと握った手に力を込める。

「リアン、君は子どもだな」

ヒューゴが囁《ささや》くのを、莉杏はムッとして睨み返した。ヒューゴから見れば確かに子どもかもしれないが、馬鹿にされたようで腹が立った。

「誰かを愛するのに必要なのは価値じゃない。俺にとっては美醜ですらない」

ヒューゴは燃えるような瞳で莉杏を見つめている。その強い視線に莉杏は慄《おのの》き、その一方で目を奪われた。莉杏の知っている誰かを好きだと思う感情は、顔が綺麗、頭がいい、優しい、思いやりがある、かっこいい……、そんな単純な理由だ。けれどヒューゴは違うらしい。じゃあ一体何だと聞きたかったが、それを口にする前に、フレッドの雄叫《おたけ》びが聞こえてきた。

「リアン！　即刻その手をヒューゴから離して！　ヒューゴ、ちょっと目を離したすきにこのタラシが!!」

　間の悪いことに莉杏とヒューゴが鉄格子越しに手を繋いでいるのをフレッドが見てしまったのだ。風のようなスピードで走ってくるフレッドに、莉杏は鉄格子からぴょんと離れた。ヒューゴも今度は手を離してくれた。

「こいつ、やっぱり死刑でいいんじゃない⁉」

　フレッドは莉杏とヒューゴの間に割り込むと、鉄格子を壊しそうな勢いで揺らして牢の中のヒューゴに怒鳴っている。

「動物園の猿か、お前は。手を繋いだぐらいでガタガタ言うな、ガキが」

　ヒューゴはフレッドを見下し、馬鹿《ばか》にしたように鼻で笑う。ヒューゴとフレッドの喧嘩《けんか》が始まりそうで、莉杏はゲイリーに助けを求めた。

　ヒューゴは聞いたことをすべて教えてくれた。

《薔薇騎士》と《守護者》の関係は莉杏の想像以上に深いものがある気がした。人人の男性であるヒューゴも狂わせるくらい《守護者》が《薔薇騎士》に惹かれるというなら、怖くもある。

　それにアンリと遼の関係……莉杏は新たな謎《なぞ》に、胸騒ぎを感じていた。

ヒューゴの処遇はマルタにいる全メンバーの意見を聞いてから決めることになったらしい。《薔薇騎士》である遼の命令に逆らえなかったという事情を鑑《かんが》み、それほどひどい罰は受けないだろうとゲイリーは言った。総帥を守る任からは外されるだろうが、ヒューゴもそれは仕方ないと思っているようだった。

夕食後、莉杏は今後についてゲイリーと話し合った。フレッドと昴も当然のように同席する。

「通学に関しては、しばらく許可できない」

ゲイリーは重々しく言った。《不死者》に襲われた聖マリア女学園は今や危険な場所と認識されており、メンバー全員が反対しているという。ゲイリーは再びレオナルドが莉杏を攫いに来ることを心配していて、今後は《守護者》と一緒でなければ外出は許可できないと言われてしまった。レオナルドは今頃逃げた莉杏に怒り狂っているだろうか？　レオナルドのことは思い出すだけで恐怖を感じるので、あまり考えたくなかった。

「とりあえずまだ冬休みなんだし、学校のことはひとまずおいといて聖杯探しをしようよ。敵だって探してるんだから、先に見つけなくっちゃ」

フレッドはがぜん乗り気で、莉杏の預言を書きだした紙を見せる。

最初の隠し場所は、地球のへそ。

莉杏には何のことかさっぱり分からなかった。

「我々は地球のへそと聞いた時、ウルルのことではないかと思って現地に飛んだ」

ゲイリーが紙を眺めながら話す。

ウルルが何か分からなかった莉杏に、昴がくわしく教えた。ウルルとはオーストラリア大陸にある巨大な一枚岩のことで、大地のへそとか地球のへそとも言われているらしい。エアーズロックと呼ばれている。エアーズロックなら莉杏も知っていた。

「待って、まさかそこに行くの？　私、パスポート持ってない」

いきなりオーストラリアなんて突拍子がなくて、莉杏は焦って腰を浮かせた。

「早急にパスポートを作れ」

昴はあっさりと莉杏に命じる。莉杏が話についていけずぽかんとしていると、ゲイリーが苦笑した。

「そうだな、まずリアンはパスポートを作るべきかもしれない。いずれマルタへ行くことも考慮して。さて、ウルルだがウルルは地球のへそではないという意見もある。我々が現地で調査した結果も、何も見つからなかった。リアンが行けば違うかもしれないが……」

ゲイリーは紙を指でトンと叩き、莉杏たちを順番に見つめた。

「地球のへそとは日本のことではないかという意見もあるのだ。我々は候補地の一つとして日本も調査した。その時は収穫はなかったが、リアンが日本にいたことを考えると、やはり日本ではないかという気がしてきた」

　莉杏は興味を惹かれた。フレッドと昴も身を乗り出す。

「日本が？　どうしてだ？」

　昴は考え込むように尋ねる。

「日本というのは特別な国なのだよ。住んでいる君たちにはピンとこないかもしれないがね。この小さな島国は何か特別な力で守られているという話もある。日本を地球のへそと呼ぶ者もいるんだ」

　ゲイリーは莉杏たちを見渡して、教師のような顔つきになった。

「ふーん？」

　フレッドはよく分からないらしく、首をかしげている。

「でも日本と言っても、どこ？　国土としては小さな島国かもしれないけど無計画に探すには広すぎる」

　莉杏は見当もつかなくて昴に意見を仰いだ。昴は顎《あご》に手を当てて、テーブルに目を落としている。

「日本のどこかに聖杯のかけらがあるというなら、おのずと場所は決まってくるだろう」

　昴が力強く断言するので、莉杏とフレッドは同時に顔を向けた。

「どこ？　うーん、伊勢《いせ》神宮とか？　有名な神社仏閣くらいしか分かんない」

「スカイツリーとかどう？　リアンと一緒に遊びに行きたいなぁ」

「フレッド、観光じゃないんだから。それにスカイツリーができた年を考えて」

莉杏とフレッドがわいわい言い合っていると、昴が首を振る。

「いや、へそっていったら、身体の中心だろ。日本の中心と考えたら、やっぱり富士山じゃないか？　地形的に見ても、飛び出ててへそっぽいし」

「富士山!!」

莉杏はフレッドと口を揃《そろ》えて叫んだ。ゲイリーが頼もしげに昴を見る。

「我々も富士の山は有力な候補の一つと考えている。数年前に一応調べてみたが、何も見つけられなかった。しかし、最近になって気になる兆候が現れるようになった」

ゲイリーはタブレットを取り出して、操作する。慣れた手つきだ。

「先週から富士山が噴火するかもしれないとニュースになっているのだ。地震が頻発し、マグマ活動が活発化している」

莉杏は知らなかったが、ここ数日ニュースはその話題で持ちきりだったようだ。登山が禁止され、専門家が調査しているらしい。

「時間はあるし、試しに富士山に行ってみないか？　登ることはできなくても近辺を見ることができるだろう？」

昴が提案し、フレッドが即座に賛成した。莉杏も期待に胸を膨らませて頷いた。そう都合よく見つけられるとは思わないが、屋敷に閉じこもっているよりよっぽどいい。

「決まりだな、明日さっそく出発しよう」

昴が即決する。ゲイリーは二人と一緒ならと、案じながらも許可してくれた。

三人で出かけるのは久しぶりで、何だかやけに楽しみだった。やっと安心できる場所に帰ってきたという気がする。今夜は早く眠ろうと、莉杏は明日に思いを馳《は》せた。

4　待ち人

莉杏《りあん》は霧の中を歩いていた。

身体《からだ》は重く、足に何かが絡みついている。一寸先も見えなくて、自分がどこに向かっているのかさえ分からない。

ふいに霧がさーっと晴れて、美しい池が現れた。透明感のある清浄な水にあふれている。水面は太陽を浴びてきらきらと光り、透き通って底まで見通せる。

莉杏は池の水を手ですくった。

いつの間にか傍《かたわ》らに女性が立っていた。穏やかな笑みを浮かべた中年の綺麗《きれい》な女性で、莉杏を慈《いつく》しむように見ている。

待っていました。

女性はそう囁《ささや》いて、にこにこと笑った。それから、池とその奥を目で示した。

大きな池だった。池の向こうには小さな神社と鳥居がある。莉杏はもう一度手のひらで水をすくった。水は光り輝いていた。

この水は聖なる……の雪解け水だから。

女性が穏やかな声で説明をしてくれるのだけれど、どうしてだかところどころ聞き取れなかった。

突然風が吹き、空を見上げると空の一部が真っ暗になっていた。さっきまで気持ちのいい青空だったのに、視界の端からどんどん黒い雲が迫ってくる。それは異常な速さで莉杏の頭上を覆い、世界を真っ暗にした。莉杏は驚いて周囲を見回した。

池も女性も消えて、漆黒の闇《やみ》に莉杏が一人だけ取り残されていた。

馬のいななきと駆けてくる足音が聞こえてきた。

暗闇から一頭の黒い馬とそれに跨《また》がった男性が現れた。長いうねった金髪が見えて、莉杏は立ちすくんだ。

馬は莉杏の数メートル先で止まり、前脚を高く上げる。乗馬しているのは《不死者《アンデッド》》の王、レオナルドだった。レオナルドは莉杏を愛《いと》しげに見つめ、手を差し伸べる。

おいで、リアン。

レオナルドが呼ぶ。莉杏はレオナルドから離れたくて、反対側に逃げようとした。けれど身体は莉杏の意思を裏切って、ゆっくりとレオナルドに向かって歩いて行く。嫌なのに、莉杏の足は着実にレオナルドのもとへ向かっているのだ。

「莉杏?」

突然、名前を呼ばれ、莉杏はハッと身体を揺らした。

――目を開くと、莉杏は薔薇騎士団《ばらきしだん》の屋敷の玄関ホールにいた。莉杏は周囲を見回し、戸惑った様子の昴《すばる》を見つけた。

「こんなところで何をしているんだ?」

昴にいぶかしげに聞かれたのも無理はない。莉杏はパジャマ姿に素足で玄関ホールに立っていたのだ。ベッドに入って休んだはずだった。それなのにどうして自分はこんな場所にいるのだろう。莉杏は訳が分からなくて、すぐには返事ができなかった。

「えっと……眠れないから、水でももらおうかと思って」

莉杏はそうごまかした。寝ぼけて部屋を抜け出していたなんて、恥ずかしくて言えなかった。莉杏が曖昧《あいまい》な笑みを浮かべると、昴は少し眉《まゆ》をひそめて、莉杏をじっと見つめてきた。昴は寝るところだったのか黒いスエットを着ている。

「お前もいろいろあったからな。今夜は冷えるし、ホットミルクにしたらどうだ」

昴はそう言って莉杏を厨房《ちゅうぼう》に連れていってくれた。厨房にはまだ入ったことがなかったので、莉杏はきょろきょろと見回した。業務用らしい大きな冷蔵庫やコンロに大きな調理台、壁際の棚には高級そうな食器がずらりと並んでいる。

「ちょっと待ってろ」

昴は冷蔵庫を開けて牛乳を取り出すと、ミルクパンで温める。莉杏はスツールを調理台の前に移動させた。昴は慣れた手つきで二つのマグカップにホットミルクを注ぐと、「ほらよ」と一つを莉杏に手渡す。

「ありがとう」

莉杏は自然と笑顔になってマグカップを両手で受け取った。昴は調理台に腰を乗せるとマグカップを口に寄せる。昴が淹《い》れたホットミルクは冷えていた身体を温めてくれた。柔らかな湯気と昴との間に流れる穏やかな空気に、莉杏は本当に安全な場所に戻ってきたのだと実感した。

「莉杏」

昴がマグカップを調理台に下ろして、低い声で呟く。莉杏は昴を見上げた。

「……言わないでおこうかと思ったが、黙っているともやもやするから言っておく。俺とお前は会って間もないし、ふつうならこういうことを言うのはどうかと思うんだが、でも俺は《守護者《ガーディアン》》なわけで、お前に対する気持ちは特別だから……つまりその」

昴はそっぽを向くと、ぐだぐだと続けた。何か言いたいことがあるらしいが、よく分からない。いつもはっきりと話す昴にしては珍しい。

「どうしたの？」

莉杏が尋ねると、昴は頭をガリガリと掻《か》き、マグカップを持ち上げたと思うとすぐに置く。落ち着かないようで、ますます珍しい。莉杏が不思議そうに首をかしげると、昴が呟《せき》払《ばら》いを一つして視線をそらす。

「俺、ショックだった」

　ぼそりと昴が言う。

「え？」

　ショック、と言われても莉杏には訳が分からない。昴は迷ったように何度か口を開けては閉じてを繰り返してから話す。

「俺はお前と会ってまだ半年にも満たないし、まだ信頼されてなくても仕方ないかもしれない。だが俺はお前に信頼されていると思い込んでいたんだ。――総帥を殺してしまったと思って薔薇騎士団から離れようとしたこと、それ自体は当然の感情かもしれない。でも俺は、たとえ本当にそんなことになったとしても、お前を見捨てるってことはない」

　昴が真摯《しんし》な口調で言った。莉杏はどきりとして昴の瞳《ひとみ》を見返した。昴はまっすぐに莉杏を見つめ、その気持ちに嘘《うそ》がないことを伝えてきた。

「お前がどんなひどいことをしようと、何か許されないことをしようと、俺はお前を見捨てたりしないし、嫌うなんてことは絶対にない。だから俺は、お前が戻ってくるという選択をしなかったことにショックを受けた。お前は俺に許されないと思ったってことだろう？　俺だけじゃなくて、フレッドやここにいる皆を信じられなかったんだ」

　昴に切々と言われ、莉杏は胸が苦しくなった。昴の言う通り、莉杏はブルーノを殺した

のが自分だと知られたら、責められると思っていた。ブルーノは莉杏の父親であるという
だけでなく、薔薇騎士団の総帥だ。その総帥を手にかけたら——。誰もが莉杏を誹《そし》り、許
さないだろうと思い込んでいた。

「ごめんなさい、私……」

莉杏はうなだれた。

「私、嫌われるのが怖かった」

莉杏は顔を上げて思いを吐露した。今なら素直に自分の気持ちが話せる気がした。昴は
分かっているというように頷《うなず》いて、莉杏の話を促した。

「私、嫌われるのが怖くて、これまでずっと周りの人の顔色を窺《うかが》って暮らしてきた。その
ままじゃいけないのは分かっていたから、そんな自分を変えようと、がんばろうと思って
たんだけど、ここにいる人は皆優しくて……余計、嫌われるのが怖くなった。ぜんぜん成
長してないね。私は逃げてばっかりだ」

莉杏は自分が情けなくて自嘲《じちょう》するように笑った。

昴は勇気づけるように莉杏の手に触れてきた。

「ほかの奴は分からない。でも俺は《守護者》だから、お前がどんなひどいことをしよう
と、絶対に嫌いにならない。もしまた同じようなことが起きても、今度はちゃんと帰って
くると約束してくれ。俺はお前の帰る場所でありたいと思っている」

昴はかすかに笑みを浮かべ、優しい声音で言った。莉杏は温かいものが心に流れ込んできたような気がした。こんな言葉をもらえるとは思わなかった。また似たようなことが起きた時、逃げずに立ち向かえるかは分からない。けれどその時、今の昴の言葉を必ず思い出そうと思った。優柔不断で、自分の気持ちさえよく分からなくて、楽になることばかり考えてきたけど、ちょっとずつでも強くなりたい。

「昴、手を握ってみて」

莉杏が言うと、昴がそっと手を握る。二つの手が繋《つな》がると、ヒューゴと手を繋いだ時と同じような——いや、ヒューゴよりも強く熱い何かが流れてくる。昴は決して莉杏を裏切らない。見捨てもしないし、嫌うこともない。触れているとそう確信できる。

「不思議。私、男の人と手を繋ぐなんて想像するだけでも厭《いや》だったのに、《守護者》とだととても心地いいの。《薔薇騎士《ローズナイト》》と《守護者》って何なの？　どうしてこんなに安心するの？」

莉杏は目を輝かせて、昴に尋ねた。昴は困ったように笑って莉杏の手をぎゅっと握る。

「それは俺も不思議に思っている。どうして俺たち《守護者》は《薔薇騎士》を無条件で守りたくなるのか……。まるで働《はたら》き蜂《ばち》が女王蜂を守るように、自分の意志を超えたところで特別な感情が湧《わ》いてくる。正直に言うと、俺はそれが恐ろしくもある」

昴は憂いを帯びた表情で、手から力を抜いた。莉杏も昴の手を離す。

「恐ろしい？」

何も話さなくてもこんなに気持ちが通じ合うのに、どうして恐ろしいのだろう。

「お前に対する感情が強くなりすぎて、《守護者》同士が争うようなことにならないといいが……。いっそお前が本当に誰か一人、特別な人を作ったほうがいいのかもしれない」

昴はからかうように莉杏に笑いかけた。

「まぁそれは今はやめたほうがいいだろうが。聖杯の件もあるし、それに……俺も本心から祝福できるかどうか」

後半は聞き取れないほど小さな声だった。昴は唐突に黙ると顔をそむけた。昴の態度のいきなりの変化に莉杏は戸惑った。

昴がこうして正直な気持ちを教えてくれたのに、自分はちゃんと応《こた》えなくていいのだろうか。莉杏はマグカップを見つめながら、ミルクを飲み干して厨房から出ていくそぶりを見せ始めた昴を見つめた。

「昴、ごめん。私……本当は水を飲みにあそこにいたんじゃない」

さっき昴をごまかした自分が許せなくなって、莉杏は勇気を出して伝えた。調理台から下りた昴は、説明を求めるように莉杏を見つめる。

「気づいたらあそこにいたの。夢遊病なのかな……。あと、昴に声をかけられるまで、おかしな夢を見てた。どこか池の前に立って、知らない人と話してた。そうしたら……レオナルドがやってきて、その時、昴が呼んでくれて目が覚めたの」

莉杏は隠さずに話した。レオナルドの名前を口にすると、昴の目つきが鋭くなり、莉杏を見据えながら考え込むように顎《あご》を撫《な》でる。

「どうしてあそこにいたのか、まったく覚えていないのか？」

莉杏は首を振った。

「気になるな……。けどまぁ、今夜はもう遅いし、寝ろ。もしまたお前の部屋のドアが開くようなことがあったら、俺が確認してやる。さっきも真夜中なのにお前が部屋を出るのが分かったから、気になって追ってきたんだ」

昴にそう言われ、莉杏は心配をかけていたことを知り申し訳なく思った。夢遊病だと笑われるかもしれないと思ったのに、昴は親身になってくれる。疲れているし、ただ寝ぼけていただけかもしれない、きっとそうだと思い直す。答えが出ないことを考えても仕方がない。莉杏は気持ちを切り替えることにした。

明日は早めに起きて富士山を見に行くことになっている。お互いにもう寝たほうがいい。莉杏は部屋まで送ってくれた昴にお礼を伝えて、自分の部屋に入った。今度は朝までぐっすり眠ることができた。

翌日はよく晴れているものの、風が冷たく凍えるような寒さだった。

莉杏とフレッドと昴で車で山梨へ向かう予定だ。三人だけの行動だ。莉杏はフレッドと出かけた時に買った白いファーつきのコートを初めて着た。とても温かくて肌触りもいい。フレッドが「あの時のコートだね、似合ってる」とウインクして莉杏を褒《ほ》めてくれる。フレッドはチェックのダッフルコート、昴はモッズコートで、どちらも二人の個性がよく出ていた。

車の運転は昴とフレッドが交代ですることになった。まずは昴の運転で出発することにしたのだが、助手席に誰が座るかで揉《も》めたり、フレッドが持ってきたお菓子が微妙な味だったりと、道中騒がしかった。

途中サービスエリアに寄って、名物のたこ焼きとかパンを食べていると、だんだん楽しくなってきた。お昼頃には高速を降りて山梨についた。どこへ行くのか尋ねると、忍野八《おしのはっ》海《かい》だと昴が教えてくれた。

「忍野八海？」

莉杏は初めて聞く地名に首をかしげた。

「富士山の雪解け水が湧き水となっている池があるところだよ。昨日、莉杏が池の夢を見たと言っていただろう？　池といったら、そこが一番有名だから。どうせ、手がかりはないんだし、行ってみないか？」

昴が地図を見ながら言う。

「夢って何の話？　二人だけに分かる話、禁止だよ！」

車の運転をしているフレッドが莉杏と昴の会話を咎《とが》める。フレッドに隠すつもりはなかったので莉杏は昨日見た夢の話をした。無意識のうちに玄関まで歩いていたことを打ち明けると、フレッドは「きっと疲れが溜《た》まっているせいだよ」と慰めてくれた。

「この先の道みたいだな」

ナビの指示に従って進むと、やがて忍野八海に着いた。菖蒲《しょうぶ》池の近くの駐車場に車を停《と》めて、莉杏たちは車を降りた。

忍野は四方を山に囲まれた景色のいい土地で、富士山がよく見える。富士の雪解け水が長い年月をかけて濾過《ろか》されたものが湧き水となって流れ込んでできた湧水池《ゆうすいち》は、天然記念物に指定され、水は名水百選にも選ばれている。パンフレットによると、忍野八海とされる出口《でぐち》池、お釜《かま》池、底抜《そこぬけ》池、銚子《ちょうし》池、湧《わく》池、濁《にごり》池、鏡《かがみ》池、菖蒲池の八つの湧水池はどれも透明度が高く、八大竜王が祀《まつ》られた霊場にもなっているらしい。

雪解け水に触れるところがあって、手を差し出してみるとあまりの冷たさにかじかんでしまいそうだった。

「こんなところに聖杯のかけらがあるとは思えないなぁ」

フレッドは観光客でにぎわっている湧池を見て苦笑する。冬休みのせいか数多の外国人観光客が来ている。湧池の透明度は素晴らしく、深い底まで見通せる。

「この池、水中に横穴があって迷路になっているそうだ。潜ったダイバーが迷って亡《な》くなったことがあるとかで、入るのは禁止らしい」

昴はタブレットを取り出して、池の情報を集める。一つ一つ順番に池を見て回ったが、どれも美しい池とは思うもののピンとくるものはなかった。莉杏はパンフレットを見て、出口池を差した。

「ここまだ行ってないよね」

八海の一つである出口池はほかの池から少し離れた場所にあった。

出口池は一番大きな池で、ほかの池が観光地化されているなか、背後に山を控え、自然が感じられる場所にあった。一つだけほかの池からぽつりと離れているせいもあってか、急に観光客が減って少し寂しい雰囲気だった。ちょうど池を見下ろす木立の中に神社があって、莉杏はどきりとした。夢で見た風景とよく似ている。あれは予知夢だったのだろうか？　だとしたら――。

莉杏は池の周りを歩いている途中、前方に女性の姿を見つけた。

「あの人……」

莉杏は立ち止まり、池をじっと見つめている女性を凝視した。夢で見た女性とそっくりだ。けれど夢の中では穏やかな笑みを浮かべていたのに、今は厳しい顔つきで水面を眺めている。若草色の着物がよく似合っていて、気品があった。

「夢で見た人によく似てる……」

莉杏がフレッドと昴に囁くと、二人が即座に近づいていく。莉杏たちが横に並ぶと、女性は咎めるような視線を向けてきた。

「あの、少しお話いいですか」

莉杏はどう話しかけるか決めていなかったのに、昴は躊躇《ちゅうちょ》なく話しかけている。いきなり聖杯がどうのと言いだすのではと莉杏はハラハラしたが、昴は如才ない笑みを浮かべて女性の隣に立った。

「観光にいらっしゃったようには見えませんが、地元の方ですか？」

昴に聞かれ、女性はいぶかしむような表情で「ええ」と呟いた。昴とフレッドに向けられていた目が、後ろに隠れている莉杏に注がれる。女性は莉杏を見て、ハッとしたように身じろいだ。

「俺たち初めてここに来たんですけど、探し物をしていて。このあたりにパワースポット的なとこってありますか？　たとえば奇跡の泉的な」

フレッドは軽い口調でとんでもない質問をする。アホな外国人に見えるからよしたほうがいいと莉杏は袖《そで》を引っぱったが、フレッドはウインクすると、任せておいてと言うように親指を立てる。

「忍野の八つの池はどれも霊峰富士の水が流れております。ですから、どの池も神の泉と呼ばれておりますよ」

　女性は莉杏を見据えたまま淡々と答える。女性の視線には何か含みがあるような気がして、莉杏は胸がドキドキしてきた。この人は私を知っているのでは？　莉杏はそう直感した。

「あの……、私、夢であなたに会ったような気がします」

　莉杏は思い切って女性に話しかけた。女性は眉間《みけん》にしわを寄せる。

「変なことを言ってごめんなさい。でも、あなたは私を待っていたんじゃないですか？」

　莉杏がそう言うと、女性は考え込むように唇を引き結ぶ。その目は莉杏が何者であるか見通そうとしているようにも見えた。傍らでは昴とフレッドが固唾《かたず》を呑《の》んで見守っている。

「お名前を伺ってもよろしいでしょうか」

　長い沈黙の後、女性が口を開いた。莉杏は素直に「莉杏です」と名前を告げた。女性は目を細め、頷いた。

「私は山城《やましろ》と申します。あなたがた、ついておいでなさい」

　山城と名乗った女性はくるりと背中を向け、すたすたと歩きだした。莉杏たちは顔を見合わせた。まさか本当に聖杯のかけらがここにあるのだろうか。莉杏は緊張して山城の背中を追いかけながら手に汗を掻いた。

山城は出口池から離れると、大きな通りを進む。富士山に向かっているような気がするのだが、莉杏には土地勘がないので分からない。周辺にはのどかな田舎の風景が広がっていた。昴は警戒するように周囲に目を走らせ、フレッドはわくわくした様子で莉杏を肘《ひじ》で突くと、笑いかけてくる。

山城は歩きながら携帯電話を取り出すと、どこかにかけていた。

「お客様がおいでです」

山城の声を聞きながら、莉杏は昴に目を向けた。莉杏の不安そうな視線に気づいたのか、油断するなとばかりに目配せされる。夢で見た女性は上品で優しげだった。目の前にいる山城も危険な人物には見えないが、遼《りょう》を信じていたことやこれまでのことを思えば、自分の判断に自信を持てない。

「この先に拙宅がございます。あなたがたを招待いたします」

振り返って嫣然《えんぜん》とした笑みを浮かべ、山城が告げる。莉杏は昴とフレッドと顔を見合わせ、合意を得ると、小さく頷いた。

「ありがとうございます。ありがたく、ご招待をお受けします」

十五分ほど歩くと、一軒の大きな屋敷が現れた。見事な築地塀《ついじべい》と四脚門を構えた堂々たる日本家屋だった。薔薇騎士団の屋敷も立派でなかなか慣れなかったが、この日本家屋もまた莉杏を気後《きおく》れさせるほどの威圧感があった。

「どうぞ」

山城は門の脇にある木戸をくぐり、莉杏たちを中に招き入れた。芝が敷き詰められている庭は広く、手入れのされた松の木や楓《かえで》、岩が大きな池の周囲に配置されている。

山城に続いて莉杏とフレッドと昴が中に入ると、木戸が閉められた。それが合図だったかのように、屋敷の裏手から男たちがぞろぞろと姿を見せた。屈強な出で立ちの男ばかりで、手には木刀や鉄パイプを持っている。予想外の剣呑《けんのん》な成り行きに莉杏がパニックになって身を固くすると、山城が莉杏を自分の背後に引っぱった。

とたんに、男たちが怒声を上げながらフレッドと昴にかかってくる。

「すごいお出迎えだな！」

フレッドが木刀で殴りかかってきた男の攻撃を避《よ》け、足払いをかけながら叫ぶ。莉杏は急いで二人に駆け寄ろうとしたが、山城に止められた。

「あの男たちに脅《おど》されているのではないのですか？」

山城は莉杏の目を探るように見て尋ねる。慌てて「違います！」と大声で答えたが、山城は「そう」と頷いてみせたものの男たちを止めない。

総勢十五名ほどの男たちが、フレッドと昴に襲いかかっていた。だが二人にすればふっうの人間の攻撃など問題にもならない。昴は鉄パイプを振り回している男を投げ飛ばし、反対方向から来た男をひっくり返す。フレッドも木刀を持つ男の頭を摑《つか》んで別の男にぶつけ、目にも留まらぬスピードで二人の男の胸を蹴《け》り上《あ》げる。

怒号や悲鳴が響く中、男たちは次々と地面に倒れていく。あっという間に勝敗は決していた。数分後、昴とフレッドが息一つ乱さず莉杏に近づいてくる。

「ずいぶん乱暴な歓迎ですね」

昴が皮肉げに山城に言うと、思いがけず明るい声が戻ってきた。

「申し訳ございません。少々試させていただきました。このお嬢さんが私の待っていた方かどうか知る必要がありましたので。待っていたと言いましても本当に現れるか半信半疑でしたが……」

山城が嘆かわしげに倒れている男たちを見下ろす。

「お前たち、情けない。傷一つつけることもできないとは」

山城に呆《あき》れ顔《がお》で言われ、男たちが痛みに耐えながらよろよろと立ち上がる。

「女将《おかみ》、こいつらすげぇ強いんです。動きが速すぎてぜんぜん見えねぇ」

立ち上がった男が、おそるおそる昴とフレッドを見る。フレッドは「手加減するのも大変なんだよ」と莉杏に囁いた。

「あの、どういうことですか」

莉杏は事情が呑み込めず、山城を見た。

「いきなり襲いかかったことはお詫《わ》び申し上げます。彼らはうちの従業員です。私どもはこの屋敷の奥にある、あの建物で旅館を営んでおります」

山城が奥に見える建物を示す。ひとまず、女将と呼ばれている理由は分かった。

「さぁ、こちらにおいでください。お茶をお出しします」

山城は優しげな微笑《ほほえ》みを浮かべて莉杏たちを家の中に上げた。

板張りの艶《つや》やかに磨き上げられた廊下を進む。屋敷内はどこも華美ではなかったが、住人がこの家を大切にしているのがよく分かる。玄関には季節にあった屏風《びょうぶ》と生け花が、廊下の突き当たりにはやはりこの季節の花である寒椿《かんつばき》を描いた掛け軸が飾られていた。

由緒正しい家なのだろう。山城は廊下に控えていた若い女性にお茶を出すよう命じ、奥の座敷に莉杏たちを通した。

「私はここの主で山城芳子《よしこ》と申します。先ほどのこと、改めてお詫び申し上げます」

紫色の座布団の上に正座した莉杏に、山城が畳に手をついて頭を下げる。慌てて莉杏も頭を下げた。昴とフレッドも同じく頭を下げたが、フレッドは慣れない正座に居心地が悪そうだ。

「まさか本当にリアンさんがいらっしゃるとは。日本語がお上手ですね、私は英語が不得手ですので助かります」

山城は莉杏を外国人だと思っているようだ。

「あ、いえ、私は日本語しか話せないですし……。茉莉《まつり》の莉にあんずの杏で莉杏と書くんです」

勘違いされたままでは困るので、莉杏は自分の名前を説明する。山城は、あら、と呟き目を丸くしている。

「失礼ですが、山城さん、待っていたとはどういう意味ですか?」

焦《じ》れたように昴が切り出すと、山城は三人を順に見つめて口を閉じた。いきなり聖杯の話をするわけにもいかず、どう切り出せばいいのだろうと莉杏は躊躇した。山城は何を知っているのだろう。

「若いかたはすぐ答えを求めますね。まずはお茶でも飲んで、気を落ち着かせなさいませ」

山城が昴のせっかちさを諌めるように言う。その時、先ほどの女性がお茶とお茶菓子を持ってきた。

女性は一礼すると無言のまま流れるような動きでお茶菓子とお茶を莉杏たちに出すと、丁寧に頭を下げて部屋を出ていく。

莉杏たちがお茶に口をつけると、山城がようやく口を開いた。

「今から十四年前のことになります。ある日、一人の男性がこの家の門を叩《たた》きました。そして十四年後の今日、リアンという少女が出口池にやってくる、必ず会うようにと言ったのです」

にわかには信じられない話で、莉杏は唖然《あぜん》とした。フレッドと昴も驚いたのか、顔を見合わせている。

「その人は誰なんですか？　名前は？」

フレッドが被《かぶ》せるように謎《なぞ》の人物について聞く。山城は頬《ほお》に手を当て、頭を振った。

「その方は名乗りませんでした。歳《とし》は……そうですね、二十代半ばといったところでしょうか。端整な白人の青年でした。彼は、頼まれて伝言を届けに来たと、それだけしか答えませんでした」

その男は薔薇騎士団の関係者だろうか？　それともまったく別の？　莉杏には見当もつかない。十四年も前に莉杏があの池に来ることが分かっていた――なんて、そんなことがあるのだろうか。今日だって最初から忍野八海へ行く予定だったわけではない。たまたま昨夜、莉杏が池の夢を見たから訪ねただけだというのに。

「あなたは信じたのですか？　いきなり現れた素性も知れない男の言葉を？」

昴が鋭く質問をする。山城は頼もしげに微笑み、深く頷いた。

「当時私は三十五歳。若女将として働いておりました。おっしゃる通り名乗りもしない男の話など、ふつうであれば聞きません。けれど、あの時は事情が違いました。その前日、我が家に異変が起きていたのです。その男は当時、身内の者しか知らないはずのその異変について知っておりました。その異変は一般的な理屈では説明できないことでございました。ですから、その男の話を聞くことにしたのです」

山城の言う異変が何か、莉杏は一言も聞き漏らすまいと集中した。昴とフレッドも真剣な顔で聞き入っている。

「異変についてくわしく教えてくれますか？」

昴が緊張した面持ちで聞くと、山城は目を伏せて黙り込んだ。

「ひょっとして、空から何か降ってきたんじゃないですか？」

昴が射貫《いぬ》くように山城を見据える。山城はハッとしたように顔を上げた。

「――その通りです。降ってきたというのとは少し違いますが、確かにどこからか突然異物が現れたのです」

山城が認め、莉杏たちは戦慄《せんりつ》した。

幼い莉杏が預言した後、聖杯のかけらは五つに分かれて、一つは莉杏の中に消え、残りの四つはどこかへ飛び去った。そのうちの一つがこの屋敷にあるかもしれない。こんなに早く聖杯に繋がるものが見つかるとは思わなくて、莉杏はふと不安になった。

「それじゃあの……」

「どこにあるのさ⁉　聖杯のかけらは！」

動揺している莉杏をよそに、フレッドが歓喜の声を上げ、前のめりになった。山城は不躾《ぶしつけ》なフレッドに眉を顰《ひそ》めると、咳払《せきばら》いして居住まいを正した。

「聖杯のかけらとは……何のことでございますか？」

今度は山城が尋ねてきた。昴がフレッドの頭を後ろから叩いている。フレッドは慣れない正座をしていたのもあって、前につんのめるように倒れた。

莉杏は山城の表情を見ていたが、聖杯については、本当に何も知らないようだった。拍子抜けしたような気持ちになったが、何か手がかりになるものがあると信じて口を開いた。

「私たち、あるものを探しているんです。その手がかりがここにあるんじゃないかと思ってたんですけど……」

莉杏がそうだったように、いきなり聖杯のかけらなんて言われても何も分からなくて当然だ。

「単刀直入に言うと、俺たちは古い杯《さかずき》のかけらを探しているんです。それは俺たちが所属する団体にとっては重要なもので、十四年前、それは五つに割れ、行方が分からなくなったのです」

昴は大事なところは曖昧にしながら説明した。山城は面食らったようだが、思い当たる節《ふし》があるのだろう、考え込むように頬に手を当てる。

「私が知っているものが、あなたがたが探している杯のかけらかどうかは分かりません。ですが、私どもの家には常識では説明できないものが、確かにあります。それは形も不明ですが、光っておりますのはかろうじて見えます。あの日以来、その場を封印しております。それと申しますのも、十四年前に訪れたあの男が、その存在が周知されたら私どもに危険が及ぶ、できればリアンさんが来るまで誰にも知られないよう封印するように忠告してきたためです。すぐにその男を信じたわけではありません。けれど、それを壊そうとした者はみな、その場で倒れてしまいました。命に別状はなく、しかし、それに触れたとたん、意識を失ってしまうのです。男はそれは神聖なものだから、破壊さえしなければ問題はないと申しました。私どもも、男を信じざるをえない状況でした」

確かに聖杯の一部と知らなくても、そんなものがあると周囲に知れ渡ったら大変な騒ぎになるだろう。もし《不死者》がその情報を得て、聖杯のかけらだと考えたら、必ず奪いに来るだろう。男の忠告は正しい。それにしても触れることさえできないなんて、どうなっているのだろう。かろうじて見えるというのも、どういう状態なのだろうか？

「ぜひそれを見せていただけませんか」

昴は興奮を抑えきれないようだ。莉杏も期待を込めて山城を見たが、山城は端坐《たんざ》したまま動かない。

「お見せする前に、リアンさんに聞かねばならないことがあります」

山城の凛《りん》とした声が響き、莉杏は背筋を伸ばした。

「今からお尋ねする三つの質問に、お答えいただきたいのです。その答えに納得できない限り、お見せできません」

室内は張り詰めた空気に満たされ、莉杏は血の気が引いた。三つの質問？　何だか怖い。自分に答えられるだろうか。

「質問って、何ですか？」

莉杏はおそるおそる聞いた。

山城は莉杏をまっすぐ見つめ、口を開いた。

「一つ目の質問です。あなたは何者ですか？」

最初の問いに莉杏は瞠目《どうもく》した。自分が何者か？　そんなこと、考えたこともなかった。

山城は顔から表情を消して莉杏の返答を待っている。

「私は……私は十七歳の高校生で……」

何者かと聞かれてもほかに答えようがなくて、莉杏はしどろもどろになった。昴とフレッドが息を詰めて見守っている。

莉杏が黙り込むと、山城は二つ目の問いをする。

「あなたの犯した一番重い罪は何ですか？」

莉杏は答えられなかった。一番重い罪……自分のせいでクラスメイトが《不死者》に殺されたことだろうか？　それとも友達の恵美《えみ》を助けられなかったこと？　莉杏の頭の中にはこれまでの出来事が次々に浮かんでは消えた。言葉にできず焦っていると、山城の莉杏を見つめる目が鋭くなる。答えられない莉杏にがっかりしているのが分かり、かぁっと顔が熱くなった。

「あなたはこれから何をなすのか？」

最後の質問は一番難しいものだった。これから何をなすのかなんて、分かるはずがない。今こうしているのだって、どうしてなのかよく分かっていないのに、未来のことなんて想像もできない。

「……私、……私、分かりません。ごめんなさい」

莉杏は小さな声で謝った。山城はため息をこぼした。重いプレッシャーに莉杏はうなだれた。どう答えればよかったのだろう。嘘でもいいから何か適当に言えばよかったのだろうか？　いや、それじゃ駄目だと莉杏は唇を噛《か》んだ。嘘をついても山城には見破られてしまう気がする。

「これではお見せすることはできません。どうぞ、もうお引き取りください」

山城にぴしゃりと言われて、莉杏はハッとした。山城が席を立とうとした時、莉杏はとっさに立ち上がった。

「少し考えさせてくれませんか⁉」

思ったより大声になって、莉杏は青くなった。しんとした室内で、フレッドと昂も呑まれたように莉杏を見ている。席を離れかけた山城も驚いたように莉杏に向き直る。莉杏は必死の形相《ぎょうそう》で再び正座し、頭を下げた。

「お願いします！　私、ちゃんと考えて、自分が思っていることをきちんと言いたいんです！　少しでいいから、時間を下さい!!」

山城に拒絶されたくなくて、莉杏は勇気を出してそう叫んだ。これまでの莉杏ならきっとすごすごと帰っていた。だが今は、それじゃ駄目なんだと分かっていた。この質問に答えられるかどうかは自分一人の問題じゃない。これは莉杏が解かなければいけない課題で、山城にすがりついてでも封印した何かを見せてもらわなければならないのだ。そのためには何でもしなきゃいけない。

「莉杏……」

昂が微笑み、フレッドがにやりとする。二人とも莉杏にならって深々と頭を下げた。

「俺たちからもお願いします」

三人が頭を下げても、山城は無言でいた。沈黙が重く感じ始めた頃、小さな笑い声が聞こえて、莉杏が顔を上げると山城が厳しかった頬を弛《ゆる》めていた。

「分かりました。今夜はうちの宿にお泊まりください。一晩ゆっくり考えて、あなたの意見をお聞かせください」

山城がにっこりと微笑む。莉杏はぱっと顔を輝かせ、「ありがとうございます！」と礼を言った。フレッドと昴が莉杏の背中を軽く叩き、よかったなと笑う。今頃、足ががくがくしてきた。こんな弱虫な自分じゃ駄目なのに。でも、急に強くなることはできない。焦らなくていいから、と自分に言い聞かせる。

「もう日も暮れてきました。さぁ、こちらへ。お部屋に案内しましょう」

そう言った山城は夢で見たのと同じ優しい笑みを浮かべていた。

5　自分との対話

　ゲイリーに連絡を入れて、莉杏《りあん》たちは山城《やましろ》の厚意に甘えて一泊することにした。

　山城が女将《おかみ》を務める旅館は江戸時代から続く老舗《しにせ》として、近隣ならずともよく知られた旅館だった。

　莉杏たちが案内されたのは、百合《ゆり》の間という十二畳の和室に四畳半の広縁がある部屋だった。山城はフレッドと昴《すばる》には隣の部屋を準備すると申し出てくれたが、莉杏は相談の結果、断った。山城は少し気がかりなそぶりを見せたが、昴とフレッドに限り変なことをするはずがない。それに、一人で寝て、もし昨日みたいなことがあったらと思うと心配だったからだ。

「リアン、着替える時は言ってね。俺たち部屋を出るから。あと昴が変な真似《まね》したら、すぐ俺を呼ぶんだよ？　昴って絶対むっつりタイプだから」

　フレッドは莉杏と二人きりになれないのが残念なのか、しきりと昴を気にしている。

「誰がむっつりだ。俺より心配なのはお前だろ」

昴は目を吊《つ》り上《あ》げて、バトル態勢だ。備品を壊してしまうんじゃないかと、莉杏は二人を止めた。

「二人のことは信用してるから。あの、もし夜中に寝ぼけて歩きだしたら止めてくれる？ 今は一番自分が信用できない」

莉杏の切実な頼みに、昴とフレッドはおかしなことはしないと宣誓の真似事までしてくれた。

部屋で三人だけになると、話し合うために向き合う。

「山城さんの言う封印した何かは聖杯のかけらだと思うか？」

昴はまだ聖杯のかけらではない可能性も考えているようだ。見てみないと何とも言えないが、重要な何かだということは直感していた。

「もしそうだとしたらさ、こんなにすぐ見つかるなんて幸先《さいさき》いいよね。まだクリアできてない点はあるけどさ。かけらだとしても聖杯を拝めるなんてワクワクするね！」

フレッドは畳に寝転がって楽しげに言う。フレッドの言う通りだ。こんなに早く見つかるとは思わなかった。単純に喜ぶべきなのかもしれない。でも、莉杏が来ることを予言していた男のことを思うと、シナリオに沿って動いている気がしないでもない。

「山城さんに莉杏が来ると告げたのは誰なんだろう？ それに、どうしてそんなことが分かったんだ？」

昴も謎《なぞ》の人物が気になるらしく、眉根《まゆね》を寄せて考え込む。

「……レオナルドってことはないよね？」

莉杏はどうしても考えてしまう人物の名を口にした。白人の青年と言われて真っ先に思いついたのは、永遠に歳《とし》をとらないレオナルドだ。

「レオナルドだったら、とっくに奪ってるんじゃない？　《不死者《アンデッド》》には触れない何か、とかだったら無理だけど。でもそんなの人間にやらせればいいだけだしさ」

フレッドは莉杏の意見を否定して、昴を仰ぐ。

「五年活動したら十三年眠る……だったか。そのサイクルでいくと、十四年前のレオナルドは眠っている時期なんじゃないか？　いや、一年前に眠りから覚めたとすると……ぎりぎりありえなくもないのか。だが俺の考えだと、山城さんから聞いて抱いたイメージとレオナルドのイメージは合致しない。俺もレオナルドではないと思う」

昴からも違うと言われて、莉杏はホッとした。自分たちより先にレオナルドが聖杯に繋《つな》がる手がかりを得なくてよかったと思ったのだ。

「謎の人物については、あとで考えよう。今は莉杏だ」

腕を組んだ昴に教師のような顔をされて、莉杏はしゅんとなった。あんな答えをしてしまって、てっきり怒られると思った。

「食い下がったのは、偉かったぞ。莉杏、がんばったじゃないか」

思いがけず昴に褒《ほ》められ、莉杏は目をぱちくりした。

「怒らないの……？　私、うまく答えられなくて……」

「大丈夫だよ、リアン。俺たち、リアンにそんな期待、ぜんぜんしてないから！」

フレッドにあっけらかんとひどいことを言われて、莉杏は脱力して畳に頭を押しつけた。

「そ、そうなんだ……」

自分という人間がいかにダメなやつと思われているか知って、莉杏は落ち込んだ。フレッドが焦ったように大きな身振りで莉杏を慰める。

「あっ、ごめん、ごめん。そうじゃなくてさ、リアンは不器用だから！　でもがんばってる感じがして成長してるんだなぁって」

「フレッド、褒めてるのか、けなしているのか分からない」

昴に咎められ、フレッドは「オー、日本語、ムズカシー！」と日本語が分からない外国人を装っている。

「私……何て答えればいいんだろう」

莉杏は山城に出された質問の答えが見つけられなくて、頭を悩ませた。

「山城さんには求める答えがあるんだろうか？」

昴が呟くように言う。

「謎の人物が答えまで準備しておいたってわけ？　さすがにそれはないだろ。もしそうなら謎の人物は莉杏の事情までお見通しだったたってことになる。そんなの人間のできることじゃないよ」

昴の疑問をフレッドが即座に否定する。

「だが、莉杏が今日あそこに行くことを知っていたんだ。つまり予知能力があるってことだろう？　莉杏と同じ《先視の声《ヴォイス》》かもしれない。俺たちを試したことを考えれば、謎の人物は莉杏が無理やりここに連れてこられる可能性も考えて指示していることになるが……」

昴が指摘する。ゲイリーの話では《先視の声》の能力者は薔薇騎士団《ばらきしだん》でもめったに現れない稀有な能力者ということだったが……。もし《先視の声》の能力者なら、薔薇騎士団の人間ということになる。薔薇騎士団の者だったら、逆に正体を隠す理由が分からない。

「調べてみたんだが、《先視の声》の能力者は二代目総帥の時にいたらしい。何百年も昔の話だ」

何百年も昔の人なら、さすがに謎の人物とは別人だろう。莉杏はほかに考えられる可能性はないかと頭を巡らせた。

「それにしてもさぁ、質問は三つとも哲学的な香りがしない？　自分が何者かなんて自信を持って答えられる人いる？」

フレッドは頬杖《ほおづえ》をついて莉杏と昴を見る。あぐらをかいた昴は目を細めてフレッドを見た。

「ちなみにお前なら何て答えるんだ?」

「俺? そうだな、俺だったら……イケメンで陽気なアメリカ人、二十一歳、薔薇騎士団のホープ、《守護者《ガーディアン》》のフレッドでーす、とか!」

フレッドは白い歯を見せて明るく言い放つ。莉杏がつい噴き出すと、昴は額に手を当ててわざとらしくため息を吐《つ》いた。

「哲学のての字も感じられない」

「哲学ごときじゃ俺を語りきれないいんだよ」

昴とフレッドの言い合いを眺めているうちに、莉杏は少しだけ分かった気がした。莉杏には自分はこうだと断言するだけの自信がない。十七歳で、高校生で……それだけだ。《薔薇騎士《ローズナイト》》であることや《先視の声》の能力は未《いま》だに持て余しているし、ほかにこうだと言い切れるもの……一つもない。

「自分を知るって難しいね……」

莉杏は眉を下げて悩ましげに呟いた。昴が鼻を擦《こす》る。

「結局自分がどうのこうのって言うのは、こうありたいと願う自分でしかないだろ。こいつは自分のことをイケメンなんて恥ずかしげもなく言ったが、イケメンに見えないって人だっているわけだし」

「ハッチ、俺は万国共通の完璧《かんぺき》なイケメンだよ！」

フレッドが昴に飛びかかり、二人が畳の上をごろごろ転がる。莉杏は二人を避けて、床《とこ》の間《ま》に飾ってある掛け軸を眺めた。水墨画で富士山が描かれている。

「テレビで見たよ。こういうところの裏に、お札が貼《は》ってあるとやばいんだよね！」

畳に寝転がっていたフレッドが飛び起きて、莉杏の目の前で掛け軸をめくる。するとそこにはまさにお札が貼ってあって、皆で凍りついた。

「ちょっ、ちょっと外へ出るか？　泊まるつもりで来てないから、何も用意していないし、車を菖蒲《しょうぶ》池の近くの駐車場に置きっぱなしだ。聖杯に関しては莉杏にばかり重荷を負わせるのは何か違うと思う。作戦会議がてら飯でも食いに行こう」

見なかったことにしようと言って、昴が山城に外で夕食をとる旨を伝えて、そそくさと外出の支度を始める。ふだんは怖いものなどないといった態度の昴だが、お化けの類いが苦手なのだ。慌てる昴を指差して、フレッドが莉杏に笑いかけてくる。

山城が望む答えを見つけられるか不安だった莉杏だが、いつも通りの二人に硬くなっていた心が和らぐ。自分は独りじゃない、それが心強かった。

菖蒲池の近くの駐車場に置いてきた車をとりに行くため、莉杏たちは宿を出た。

「何が食べたい？」

昴とフレッドに聞かれたが、莉杏は特に食べたいものもなかったので何でもいいと答えた。するとフレッドが「何でもいいは駄目」と莉杏を軽く叱《しか》った。

「リアンは自己主張がなさすぎるよ。こういう時は、たとえ食べたいものがなくても考えてくれなきゃ」

「そうだな。そんなんだから十七歳の高校生としか答えられないんだ。そんなのわざわざ言わなくても分かることだろう」

昴までそんなことを言う。でも二人の言う通りだと思い、莉杏は一生懸命考えた。そもそも食に対してあまり興味がないので、あれが食べたいこれが食べたいとすぐ出てくるフレッドたちにむしろ感心してしまうくらいなのだ。

「えっと……せっかく観光地にいるんだし、名物が食べたい、かな」

莉杏はようやく食べたいものを思いついて、二人に言った。その答えは二人をとても喜ばせたようで、二人揃《そろ》ってスマホを取り出し、さっそく何にするかと楽しげに検索し始める。その様子を見ていて、一つ気づいたことがあった。

莉杏は今まで自分が主張しないことによって、相手が好きなものを選べると思っていた。そうなれば相手は喜び、莉杏に対する感情もよくなる、と。でも、それは違っていたのかもしれない。互いの好きなものを言い合うことで話が広がり、お互いの理解が深まる。莉杏は楽しげに相談している二人を見て、それが分かった。

(私はいつも、誰といても、一人だった)

こんなふうに自分自身について考えたことがなかったので、莉杏は心の底から湧《わ》き上《あ》がるふわふわするような、それでいて怖い気もするような複雑な感情に戸惑った。互いの個性を尊重し、結びついた関係。それは一方通行じゃない。昴はどんな莉杏でも受け入れると言ってくれた。フレッドはいつでも莉杏を肯定してくれる。自分でさえ嫌いな部分を見せるのは恥ずかしいし嫌だけど、それを見せられるのがきっと本当の友達なんだ。莉杏は二人といて、それを知った。

「私、ほうとうを食べてみたい」

フレッドと昴の会話に出てきた料理に興味を持ち、莉杏は思い切って言ってみる。それじゃ食べてみようとフレッドが言い、評判のいい店を選んでいく。すごく楽しみに思えてきて、莉杏は自然と笑顔になった。昴はにやりと笑って莉杏の背中を叩《たた》く。

菖蒲池の近くの駐車場から、フレッドの運転で目当ての店に行った。古民家を改築した趣のある造りで、店の前には風車が回っている。

夕食時だったので少し待たされたが、出てきたほうとうはとても美味《おい》しかった。幅広の麺《めん》が特徴的な、野菜と肉が入った煮込みうどんみたいな料理で、大きな鍋《なべ》で出てきた。

三人で鍋を囲み感想を言い合いながら食べるのは、親密で満ちたりた時間だった。大盛りで食べきれるか心配だったけれど、フレッドと昴は莉杏と食べる量が違った。美味しそうに食べる二人を見ているのも楽しかった。

「二つ目の質問だが、あれに関しては俺たちは何も言えない。俺からすれば、莉杏には何の罪もないようにも見える」

食事の最中にいきなり昴が言いだし、フレッドがうーんと唸《うな》った。

「自分の犯した一番重い罪だろ？　それも判断基準は人それぞれだよね。道端の蟻《あり》を踏んだことさえ罪といえば罪だし、けど刑法に当てはめればどう考えても無罪だ」

フレッドは汗をかいていた。鍋が煮立っているせいだろうと、莉杏はコンロの火を弱める。

「私は……本当は助けられた人を助けなかったのは罪だと思ってる」

莉杏は目を伏せて、《不死者》によって殺されたクラスメイトを思い浮かべる。

「でも殺したのは《不死者》だろ？　何も知らなかったお前に罪はない」

昴は反論した。

「そもそも莉杏が罪に思う必要がないよね。むしろ俺たちがもっと早く駆けつけていれば、救えたわけだし」

フレッドは自分で言っておきながら、ずーんと落ち込む。暗くなったフレッドに元気になってほしくて、おかわりする？　とつい声をかけてしまう。

「何をなすのか、ってことが一番大切なんだぞ、莉杏。お前、これからどうするつもりだ？」

　昴に真顔で聞かれ、莉杏は言葉に詰まってうつむいた。

　これから――未来について聞かれると莉杏は答えに迷う。自分は本当はどうしたいのか？　今は次々に起こる出来事に対処するだけで精一杯だった。

「俺は莉杏に薔薇騎士団に入ってほしいけど」

　フレッドが明るさをとり戻して宣言する。昴も同意するかと思ったが、水の入ったコップを握り、考え込んでいる。

「何だよ、ハッチ。ハッチは入ってほしくないの？」

　フレッドに不満げに言われ、昴はじろりと睨《にら》みつけた。

「むろん、《薔薇騎士》が増えるのは大歓迎だ。莉杏が入団したら、命を懸けて守り抜くと誓う。だが……莉杏には遼《りょう》の件もある。まだそこまで思い切れてないことくらい、お前だって分かっているだろ」

　昴に突っ込まれ、フレッドは口を尖《とが》らせる。

「悪役なら悪役に徹してほしいよね！　莉杏を助けたりしてポイント稼ぎやがって、あの野郎。どんな事情があるのか知らないけど、俺的には莉杏を長年騙《だま》してたってだけでアウトだよ。俺がジャパニーズ・マフィアだったら、す巻きにしてコンクリートと一緒に海に放るよ」

フレッドは指で銃の形を作り、バンバン撃ちながら怒っている。遼のことはまだ自分でもどう考えていいか分からなかった。でも、自分のために怒ってくれるフレッドが嬉《うれ》しくて、莉杏は笑顔になってしまった。するとそれが気に食わなかったのか、フレッドがじろりと見てくる。

「ハニー。俺のこと馬鹿《ばか》にしてる？」

「違うよ！」

莉杏は慌てて両手を振った。

「私、何かとても楽しくて……」

莉杏は真面目《まじめ》な顔になろうとしたが、どうしても弛《ゆる》んでしまう頬を押さえて否定した。

「二人と一緒にこうしてるのが楽しくて仕方ないみたい。二人といると安心する。そんな場合じゃないって分かってるんだけど。ごめんなさい」

莉杏がはにかみながら謝ると、二人が黙り込む。二人とも満面の笑みを浮かべていた。

「俺も楽しい」

「俺だって」

フレッドと昴も同じ気持ちだと知り、莉杏はますます嬉しくなった。

「私、まだ薔薇騎士団に入るかどうかは決められないけど……レオナルドがこれ以上《不死者》を増やすのは止めなきゃいけないと思ってる。そうじゃないと悲しいことが増える

だけだから」

莉杏はずっと考えていたことを口にする。

自分が幸せだと感じるたびに、苦しんでいる人がいるのを思い出す。《不死者》に襲われた恵美《えみ》やブルーノはまだ隔離されているし、家族を失った人は数えきれないだろう。大勢の人がつらい思いをしているのだ。《不死者》はためらいもなく人の生き血を吸い、命を奪う。

レオナルドはこれからも殺戮《さつりく》を続けるだろうし、聖杯を求め続けるだろう。その理由が遼が言ったように、完璧な《不死者》になるためかは分からないが、レオナルドに聖杯を渡してはならないことは分かる。

「三つの質問も大事だけど、俺はやっぱりその質問を山城さんにするよう命じた男の真意が気になる」

昴は食後のお茶を飲みながら呟いた。たくさん入っていた鍋はもう空っぽだ。莉杏は長い間家政婦のように食事を作ってきた過去があるので空になった料理皿を見ると、片づけたくてそわそわしてしまう。今はそんな必要はないのだと分かっていても落ち着かないのだ。

「真意?」

皿を見ながら莉杏がどういう意味かと首をかしげる。

「その男は、莉杏に何かを求めているんだ。これは俺の勝手な想像だが、謎の男は莉杏に確固たる自分自身がないなら、相手をしなくていいと山城さんに言ったんじゃないかな」

昴の意見は莉杏にとって身が引き締まるものだった。山城の家にあるのが、もし本物の聖杯のかけらだとしたら、謎の男は莉杏の預言を知り、莉杏でさえ知らなかった聖杯のかけらの行方を知っていることになる。

「山城さんの屋敷で、莉杏は山城さんに庇《かば》われて、俺とフレッドだけ襲われただろ。あれだって、莉杏が誰かに脅《おど》されてここに来た場合に備えて、莉杏を助けるための措置だったんじゃないか？　そう考えると、謎の男は敵とは思えないんだ」

そう言われると、莉杏も謎の男が敵だとは思えなくなってきた。

（謎の男——ピエロ？）

ふいに莉杏の脳裏にひらめいた。

よく考えれば、謎の男はもう一人いる。ピエロだ。ピエロが莉杏の想像上の人物ではないということについては、もう確信している。そのピエロは大きな災厄が来ると莉杏に預言した。未来を知っている人物というなら、まさにピエロが当てはまる。

（ピエロはいつから私を助けてくれている？　山城さんは訪ねてきたのは白人の青年だと言っていた……。遼にぃはピエロに心当たりがあったようだけど……）

莉杏の思案顔に、昴が「どうした？」と聞いてくる。

ピエロのことは二人にはまだ話せない。話そうにもいつからか夢に現れるようになったというだけで、ピエロのことで分かっていることは何一つないのだ。いつか必ず話そう、でも今はほかにも考えるべきことがたくさんあるのだから、と二人に話さないことに対して言い訳をする。莉杏は何でもないと首を振った。

「そろそろ行こうか。替えの下着がないから買いに行かないと。リアン、本当にコンビニでいいの？　可愛《かわい》い下着屋さんとか寄れば？　俺が一緒に選んであげるよ」

フレッドがさらりと言って、昴に頭を叩かれていた。可愛い下着屋さんなんて入るのが恥ずかしい。莉杏にすればコンビニで十分だった。

莉杏は三つの質問について考え続けた。明日は答えを出さなければならない。優等生の答えじゃなくていい、莉杏が自分で考えた、本当の答えを。

旅館に戻ると、温泉に浸《つ》かって浴衣《ゆかた》に着替えた。三つの質問について考え続けて、頭がパンクしそうだ。そんな莉杏を見かねたのか、フレッドがフロントでトランプを借りてきてくれた。

三人で子どものようにカードゲームをするのは楽しいひと時だった。昴は七並べもババ抜きも神経衰弱も得意で、大富豪に至っては負けなしだった。あまりに昴が勝ちすぎて腹が立ったのか、フレッドがカードの上をごろごろ転がってぐちゃぐちゃにする一幕も、莉杏は笑いが止まらなかった。

夜が更けて、三人は床についた。莉杏は真ん中、じゃんけんで勝った昴がドアの近く、負けたフレッドが床の間の前という布陣だ。

いろいろあったので疲れていたのだろう。莉杏はすぐに眠りに引きずり込まれた。

そして——気づいたら、夢の世界にいた。

莉杏は砂漠を歩いていた。素足に砂の熱を感じた。歩くたびに砂塵《さじん》が舞い上がって視界はひどく悪かった。広大な砂の世界に、六、七メートルくらいの小さな塔が建っていた。

そのてっぺんに優雅に腰を下ろしているのは、ピエロだった。道化師の仮面を被《かぶ》り、ウエーブがかかった髪、赤い派手なシャツに青いスカーフ、いつもの派手な服を着ている。

「ピエロ！」

ピエロに会うのは久しぶりで、莉杏は顔をほころばせて駆け寄った。ピエロのところへ行こうと塔の入り口を探す。けれどどこにも入り口がない。塔の壁はつるつるしていて摑《つか》めるところがない。てっぺんにいるピエロのもとへはどうやっても行けそうになかった。

「ピエロ！　話がしたいの！　ねぇ、下りてきて」

莉杏は空を見上げ、風に吹かれているピエロに向かって叫んだ。ピエロは莉杏の声が聞こえないのか、ずっと遠くを見ている。

「どうして夢に現れたの？　もうピエロの夢は見ないと言ったのに……。私、あなたに聞きたいことがたくさんあるの。ここにやってきたという謎の人物はあなたじゃないの？あなたは何者なの？」

莉杏は塔の上に向かって声を張り上げた。ピエロはずっと空を見ていて、莉杏に気づいていないようにも見える。何度叫んでも、一向に返事はない。悔しくなってきて莉杏は塔を拳《こぶし》で叩いた。すると、叩いた部分から塔が崩れ始め、頭上から砂が降ってくる。慌てて逃げようとしたが、すごい勢いで砂が莉杏に降りかかり、身動きがとれなくなってしまう。

「助けて、ピエロ、助けて」

砂に埋もれながら助けを呼んでいるうちに、ハッと目が覚めた。

室内は暗く、フレッドと昴の寝息が聞こえてくる。いつものピエロが出てくる夢とは違っていた。莉杏はほうっと息をこぼした。

莉杏は目が冴《さ》えてしまい、布団から起き出して和室の隣にある広縁に行く。時計を見ると四時だった。冬なのでまだ外は真っ暗だ。広縁には籐椅子《とういす》が二つあり、莉杏はその一つに腰を下ろした。

座ったとたん、莉杏はぎくりとした。

目の前の椅子にピエロが座っている。

「な……っ、えっ、あ……っ」

莉杏がうろたえていると、ピエロは身体《からだ》を揺らして笑いだした。

「リアーン、何をびっくりしているのさ。その顔！　パネルにして飾ったらきっと面白いだろうね ェ！　僕の夢を見ないとは言ったけど、もう会わないとは言ってないさ。リアーン、叫んでもいいけど、きっと頭のおかしい子だと思われるよ。僕の姿が見えるのは君だけなんだから。君の脳が僕の映像を脳に映してるんだ。だから、僕の声が聞こえるのも君だけだよ！　どうせおかしい子なんだから、君がどう思われようと僕はいいけどね！」

仮面の下でニヤニヤしているのが分かるような饒舌《じょうぜつ》ぶりだ。莉杏は絶句したまま、息を呑《の》んだ。ピエロはやはり幻覚なのだろうか？

「私……あなたに話が……」

莉杏はフレッドと昴を起こさないようにと小声でピエロに言った。幻聴でも幻覚でも今更たいして違いはない。そう思い直し、莉杏は気持ちを切り替えた。ピエロは頭の後ろに両腕を組み、莉杏の知らない曲を鼻歌で歌う。

「何度も僕を呼んでいたのは知っているよ。けどね、僕だって忙しいんだよ！　君のように暇じゃないんだ。君は自分をとり戻しつつあると言っただろう。だから僕け声だけでなく、こうして僕自身の麗《うるわ》しい姿も君に見せられるってわけだ。僕は君と共に生きているからね。だから君が僕を求めて、僕が君を求めるとこうしてラインが繋がるってわけだ。いわばバージョンアップだよ。僕が夢に出てしまうと君の能力を封じてしまうからね。とはいえ、僕がその気にならないと会話は成立しないけどね。ところでリアーン、昨日の答えは何だい？　もう何度君にがっかりさせられたか！　あんなぶざまな答えを言う子は焼却炉で燃やしてしまいたいよ！　それから僕のことは誰にも話しちゃ駄目だよ。僕はね、こう見えていろいろ抱え込んでいるからね。これ以上手間暇かけさせないでくれ！」

ピエロはまくし立てた。莉杏は叱られた子犬のようにうなだれた。

「あの、ピエロ。あなたは……」

「僕が何者かなんてどうでもいいだろう？　僕は仮面を被った男、君は知らない人と思っているかもしれないけど、ホントは身近にいるあの人が装ったかりそめの姿かもしれないよ？　何食わぬ顔で君と話しているけど、実は……」

ピエロの潜めた声に莉杏は身を乗り出した。ピエロは莉杏がよく知る人物の別の姿なのだろうか。そんな想像はしたこともなかった。

「って、すぐに人を信じちゃ駄目だろ！　リアーン、僕は君のように暇人じゃないんだ。君に伝えたいことがあって現れた。君の夢遊病だけど」

ふいに人の気配を感じて、莉杏はどきりとして振り返った。昴が眠そうな顔で起き上がって、莉杏を見ている。昴は寝乱れた浴衣を直すと、大きくあくびをする。

「莉杏、誰かとしゃべっていなかったか……？」

昴がいぶかしげに周囲を見る。焦って向かいの椅子を見ると、そこには誰もいない。ピエロの言葉を借りるなら、ラインが切れたということになるだろうか。

「昴……」

タイミングが悪かった。莉杏は昴に恨みがましい目を向けた。ピエロは莉杏に何を伝えようとしたのだろう。夢遊病？　寝ぼけて一階に下りた時のことだろうか？

「気のせいよ、ちょっと目が覚めたから、ここでいろいろ考えてただけ」

莉杏は布団に戻って横になった。ピエロの話が途中だったのは気になったが、どうにもできなかった。それに、ピエロとまた話せることが分かったのは心強かった。

山城の質問のこと、ピエロのことを考えているうちに、莉杏は再び眠りについていた。

6　聖杯のかけら

翌朝早く、莉杏《りあん》はフレッドと昴《すばる》と一緒に旅館の周辺を散策した。

今朝の富士山はとても綺麗《きれい》で、頂上付近の真っ白な雪が青い空によく映えている。霊峰富士には神が宿ると言われ、不死の山と呼ぶ者も多かったらしい。一年中解けない雪といい、富士山は信仰の対象となっていた。莉杏も富士山から特別な力を感じる。

莉杏は三つの質問についてずっと考えている。二つ目まではどうにか自分なりの答えを出すことができたが、三つ目がまだだった。これからの自分、未来の自分が想像できないのだ。

（私、どこへ向かっているのかな……）

周囲の人が望む自分は見えても、自分自身が行きたい場所が分からない。一つだけ分かるのは、こうしてフレッドや昴と一緒にいると楽しくて安心できるということ。それはつまり、自分は薔薇騎士団《ばらきしだん》に入りたいと望んでいるということになるのだろうか？

（父さんを治したい、恵美《えみ》を元の元気な恵美に戻したいという思いは強いんだけど）

莉杏は拘束されたブルーノの姿を思い出すと、胸が痛んだ。一ヵ月で治ると言われているブルーノがあの状態なら、恵美はきっともっと厳重な状態で隔離されている。ブルーノの足は壊疽《えそ》したように《不死者《アンデッド》》の毒でどす黒くなっていた。……恵美は全身があんなふうになっているのだろうか。

莉杏が物思いに耽《ふけ》っている間、フレッドと昴は何も言わず空を眺めている。いつも騒がしいフレッドなのに、こういう時は敏感に空気を読む。ふと振り返ると、空を見ていたフレッドが横にいた昴に手を差し出す。昴は飲んでいたペットボトルの水をフレッドに手渡した。フレッドはラッパ飲みしている。何も言わないのにお互いの気持ちが分かるなんて、この二人は気持ちが通じ合っているのだなぁと羨《うらや》ましくなった。

散歩を終えて朝食を食べている時、山城《やましろ》から十一時に屋敷に来るようにと伝えられた。だから、莉杏は一人きりになって、静かに考えた。部屋で一人になれるよう、昴とフレッドが出ていってくれたのだ。

これまでの人生を振り返ってみた。義父母に虐《しいた》げられていた日々、遼《りょう》を好きだと思い込んでいたが、遼に好きになるように誘導されていたことを思うと本当に好きだったのかどうか、今では自信がなかった。旧校舎で死んでいったクラスメイト、初めての本当の友達になっていたかもしれない恵美が《不死者》に襲われたこと、聖マリア女学園で闘ったこと——目的のためには手段を選ばないレオナルド、人間のように遼を慕うカーリーの姿、ピエロが残した謎《なぞ》の言葉、《不死者》と闘う薔薇騎士団の人々、今も《不死者》の毒に苦しんでいるブルーノ、心を病んでしまった母、生死も分からない兄、アンリ……。

(嫌な時間って長く感じるんだなぁ)

こうして考えていくと、苦しかった記憶が甦《よみがえ》って莉杏はため息をついた。中学生の頃、苛《いじ》められていた莉杏は一日が過ぎるのが異様に長く感じていた。家にも学校にも居場所がなくて、感情を殺して過ごすしかなかった。感情があるとよけいにつらいから、何も感じないように自分は人形だから何も感じないのだと言い聞かせていた。

昨日ここにやってきてからの時間はあっという間だった。今の自分には帰る場所になりたいと言ってくれる人までいる。守りたいと言ってくれる人も。私は何て恵まれているんだろう。莉杏の胸が熱くなる。

(私、分かった)

莉杏はようやく自分の答えを見つけた。

他人の意見ではない、本当の自分の気持ちを見つけられた。

(そういうことなんだね、ピエロ。私、やっと辿《たど》りつけたよ)

昨夜《ゆうべ》現れたピエロを思い出し、あの憎まれ口を聞きたいと願った。

莉杏は山城の屋敷へ向かった。フレッドと昴は何も言わずに莉杏を見守ってくれる。それは、二人の莉杏に対する信頼だ。そう思うと勇気が湧《わ》いてきた。それが正しい答えなのかは分からないけれど、今の自分が持てる精一杯の答えを見つけた。莉杏は緊張した面持ちで、中に入った。

昨日と同じ奥座敷で、莉杏は正座して山城と向き合った。山城は昨日よりいっそう厳しい目で莉杏を見据えてきた。フレッドと昴は莉杏の両隣に座っている。まるで支えられているようで、心強い。

「ではもう一度お聞きします。莉杏さん」

山城は凛《りん》とした佇《たたず》まいで、莉杏を見つめてきた。その姿は自信に満ち、迷うことなどないように見えた。

「あなたは何者ですか?」

莉杏の両隣でフレッドと昴が息を詰めて見守っている。

「私は私。私以外のものにはなれない、今ここにいる私がすべてです」

莉杏は山城を見習おうと、背筋を伸ばしてはっきりと答えた。

「あなたの犯した一番重い罪は?」

山城が鋭い眼差《まなざ》しで莉杏を射貫《いぬ》く。

「私は無知でした。自分のことも周囲のことも、何も知らなかった。知ろうとしなかった。無知が私の一番の罪です」

莉杏は山城の眼光に負けじと声を張り上げた。

「最後に、あなたはこれから何をなすのですか?」

山城は値踏みするように莉杏を見る。莉杏はその視線を愛情だと考え、受け止めた。

「私は皆を守りたい。皆が笑顔でいられるよう、守っていきたいです」

莉杏は心を込めて言った。

以前、水鏡に映ったピエロは、莉杏に皆を守れと言った。その時は、ピエロが言うから守ろうと思った。けれど今は違う。誰かに言われたからではなく、自分自身が皆を守りたいと思っている。フレッドや昴といる時の穏やかな時間を、ブルーノと寄り添う温かい時間を、恵美とたわいないおしゃべりをしてわくわくする時間を、守っていきたい。誰かが悲しむ顔は、もう見たくない。そのために自分の力が役に立つなら、できるだけのことをしよう。

莉杏の気持ちに同調するように、フレッドと昴が震えるような吐息を漏らした。

そして山城は――山城は莉杏を我が子を慈《いつく》しむような目で見ていた。その目からは値踏みするような光は消え、夢で見たような優しい、慈愛の光が浮かんでいた。

「昨日と別人のようですね」

山城に微笑《ほほえ》まれ、莉杏はこくりと頷《うなず》いた。

「私、自分自身を見つめ直してみたんです」

「そう。それは内観と言うのです。自分が悲しい、嬉《うれ》しい、嫌だと思ったことの真の理由を自分の心に聞いてみることです。深い心の奥にはね、真実の自分が眠っているんですよ」

山城は嬉しそうに言う。莉杏は長い間流されるように生きてきた。自分の意志で動くことなどほとんどなかった。そんなふうに抑え込まれていた自分の心の声を聞くことは不思議な気持ちだった。

「あなたがどんな人間であるのか、よく分かりました。では、昨日お話ししたものをお見せしましょう」

山城は深く頷くと、すっと立ち上がった。フレッドが指をぱちんと鳴らし「やったね！　ハニーすごい」とはしゃぎ、昴は安心したように肩から力を抜き「さすがだ、莉杏」とねぎらった。

山城は障子《しょうじ》を開けると、廊下に出た。

「ついておいでなさい」

莉杏たちは山城に誘われて進んだ。長い廊下の突き当たりは、階段が三段ほどあって、その先は壁で行き止まりになっている。だが壁だと思った箇所は隠し扉になっていたようで、山城が何か操作すると横にスライドした。扉の奥は真っ暗で、何があるのかまったく分からない。

山城は壁にかけられていた懐中電灯を手にとった。明かりがつくと、下に続く階段があるのが見えた。

「転ばないよう気をつけて」

山城は一つしかない懐中電灯で階段を照らした。思ったよりも深く階段は続いていて、下から冷気が漂ってくる。莉杏は暗い階段を、壁に手をつきながらゆっくりと下りていった。壁は砂壁で、触るとひどく冷たい。それに湿気もあった。

「地下室ですか？」

一番後ろを歩く昴が山城に聞く。ここでは声がやけに反響する。

「ええ。昔は貯蔵庫として使っていたものです。十四年前のあの日に降ってきたものので、今はめったに人が入らない部屋になってしまいました」

ひたひたと山城の足袋《たび》の音がする。莉杏は注意深く山城に続く。けっこうな段数を下がっている。

「ここから横穴に移動します」

一番下につくと、山城はようやくそう言って平らな道を歩き始めた。天井が低いので、少し屈《かが》みながら歩く。トンネルのような道が数メートルあるようだった。少しすると開けた場所に出た。そこは天井が高くなっているので、もう屈む必要はない。

「これは……!!」

昴が驚いたように声を漏らした。地下室の一角が完全に凍っていて、氷の塊《かたまり》となっているのだ。氷越しに、壁と床が破壊されたようにえぐられているのが分かった。莉杏もフレッドも言葉を失い、氷の塊を見つめた。山城は凍った場所を懐中電灯で照らす。

「ごらんの通りです。十四年前のあの日、空から光るものが降ってきて、家にまっすぐ落ちてきました。私は偶然庭におり、すべてを見ておりました。私は最初、幻覚だと思いました。何故って、屋敷の外壁には傷一つついていなかったからです」

十四年前のことをまるで昨日のことのように山城は語る。

「念のため、何かが落ちてきたと思《おぼ》しき場所の周辺を歩いてみました。何も見つかりませんでしたが、胸騒ぎを覚えて地下の貯蔵庫に下りてみたら……腰を抜かしそうになりました。このように床と壁が大きく破壊されていたのです。天井には傷一つついていないにもかかわらず、です。よく見てみると、奥底に何かが刺さっているのが分かりました」

山城は懐中電灯の明かりを消した。ふっと漆黒の闇《やみ》が訪れたが、莉杏たちの視線の先にきらきらと光るものが見える。

「見えますか？　きらきら光っているものがあるでしょう。私は最初隕石《いんせき》かと思いました。当時、まだ生きていた主人と取り出してみようと大騒ぎになりました。ところがいざ取り出そうと長い棒で深さを測ったとたん、突然今のような硬い氷に覆われたのです。氷を割ろうとしたり、溶かそうとしたりいろいろ試みましたけど、昨日言ったように氷に触れた者が次々に意識を失ってしまったのです。主人は不気味がり、警察を呼ぼうとしましたが、どうしてか私は乗り気になれず、もう少しだけ様子を見ようと主人を説得しました。その翌日、あの謎の男が現れたのです」

山城は当時の状況をくわしく説明してくれた。

「あの、この家って富士山と何か関係がありますか?」

突然、昴が山城に尋ねた。山城は懐中電灯の明かりを再び灯《とも》すと、昴を見返した。

「ここには昔、富士山から湧き出る水の池がございました。屋敷を拡張する際に池を埋めて、この地下貯蔵庫を作ったのです」

山城の答えに昴は納得がいったように何度も頷いた。

「山城さんは何かほかにも心当たりがあるんじゃ? 警察を呼ぶのを反対したんですよね」

フレッドが気になったように聞く。

「……私の母は薔薇騎士団ゆかりの者です。母は《癒やす者《ヒーラー》》として若い頃は、ずっとマルタに住んでいたのです。私を身ごもった頃、痣《あざ》が消えて能力を失ったので日本に戻ってきたと言っておりました。あなたがたもそうなんでしょう? 昨日、お二人が闘う姿を見て、《守護者《ガーディアン》》だと確信しました。それを明かすと仲間意識が働いて真剣みが失われる気がしましたので、申し上げなかったのですが。もっとも私には子はおりませんから、我が家から能力者が出ることはないでしょうけれど」

「そうだったんですか⁉」

莉杏は悪戯《いたずら》っぽく笑う山城に目をぱちくりとした。

「謎の男は名前は口にしませんでしたが、母が薔薇騎士団の者だったと知っておりました。メンバーの名前はメンバーにしか分からないはずですから、きっと彼も薔薇騎士団の者だと思ったのですが」

山城の発言は衝撃だった。謎の男は、薔薇騎士団の者——。これはどういうことだろう。莉杏たちは顔を見交わした。

「ますます気になるな……。一体何者なんだ」

昴は解けないパズルを前にしたように、目を細め、思考の海に潜っている。

謎の男の正体は分からないが、未来を予知する能力があるとしか思えない。空から降ってきたものは、この家めがけて落ちてきた。たぶん、ここでなら十四年の間、静かに安置することができると分かっていたのではないだろうか。

「あなたはずっとこれを守ってきたのですね……」

莉杏は感慨深く呟いた。

「守るなんて大げさなものではございません。むしろ、私どもは守られてきたのです」

山城が白い息を吐きながら言う。

「私も亡《な》くなった主人も、結局何が埋まっているのか分からないままです。この氷は一度も溶けることもなければ、誰も小さな傷をつけることさえできませんでした。一体何が埋まっているのだろうとよく主人と話していました。あなたがたが求めているものかどうかは不明ですが……」

山城の持つ懐中電灯の明かりによって、氷はきらきらと輝いている。

「数年前に、このあたり一帯が大火事になったことがありました。隣の家も、私どもの旅館も大きな被害を受けたのですが、この屋敷だけはまったく無傷でした。火がまるで避けたかのように樹木一本焼けなかったのです。近隣では山城家はなにかに守られていると噂《うわさ》になったものです。旅館も守ってくれたらなおよかったのですけど」

その不可思議な現象の原因がこの氷の塊にあると、この場にいる誰もが確信していた。

それにしても、大火さえ避ける氷——莉杏たちは、どうやって奥にあるものを取り出そうかと頭を悩ませた。

「触ると意識を失っちゃうのかな」

フレッドがつんつんと指で氷に触れる。フレッドの無謀な行為に、フレッド以外の三人がぎょっとしたが、フレッドはにっと笑ってみせる。どうやら平気らしい。どういうことなのだろう。壊そうとしなければ平気なのだろうか。

「そのことなんですが、母と私だけは触っても平気でした。母がかつて能力者だったからでしょうか？　でもその母も、傷一つつけることはできませんでした」

山城の話を聞いた昴が試しに氷に手を当ててみる。確かに、昴にも異変は起こらない。

「確認ですけど、この奥にあるものを持っていってもいいんですね？」

昴は拳《こぶし》で氷を軽く叩《たた》き、山城に聞く。山城は躊躇《ちゅうちょ》なく頷いた。

「もともと莉杏さんに渡すよう言われていたものです」

山城は当然のように言ったが、十四年もの間、秘密を守ってくれたのだ。お礼はしたいと思った。だがその前に、どんな熱にも溶けない氷の奥に隠れているものを、どうやって取り出せばいいのだろう？

「そんじゃ、一発やってみますか」

フレッドが腕をまくり上げて、気合を入れる。何をするのかと思って見ていると、昴が氷の一部を差す。

「このあたりがいい」

どうやら、フレッドが拳で壊すようだ。原始的な方法に莉杏は唖然《あぜん》としたが、《守護者》の超人的な破壊力なら、この氷も壊せるかもしれない。山城は少し不安そうだ。

「じゃ、全力でいっきまーす」

フレッドは右腕をぐるぐる回すと、勢いをつけて拳を氷に叩きつけた。ピシッと亀裂《きれつ》が入る音がして、氷が真っ二つに割れた――ように見えたが、瞬時に溝は新たな氷に覆われてしまった。

「えーっ!! 俺、今すごい力出したのに！」

フレッドはがっかりしたように大声で言う。山城も呆気《あっけ》にとられていた。

「腕力じゃ駄目なのか……。莉杏、鍵《かぎ》はお前だ」

フレッドの力でもびくともしない氷を見て、昴は莉杏を振り返った。

「私？」

莉杏は緊張で顔を強張《こわば》らせて氷に近寄った。

鍵は自分だと言われても、どうすればいいのか見当もつかなかった。昴は腕を組んであらゆる方法を模索しているようだ。

「謎の男が何者か分からないが、莉杏がここに来ることを予告した。そして三つの質問を用意して、それが解けたらここに来るよう仕向けた……。そこまでしたんだ、これをただ見せるためだけのはずがない。何か取り出す方法があるはずだ。幼かった莉杏はしかるべき時が来るまでここに安置すると預言したんだし、きっと今がそのしかるべき時だろう。だとすれば、莉杏だけが、この氷の奥にあるものを取り出すことができるはずなんだ」

昴は完全に自分の世界に入ってしまったようで、氷を見ながらぶつぶつ呟いている。そして突然、顔を上げた。

「莉杏、この氷を祝福しろ」

莉杏とフレッドは同時に「えーっ!?」と声を上げた。

氷を祝福——どうやって？

「ほかに考えられない。《薔薇騎士《ローズナイト》》であるお前の能力が、この奥にあるものを取り出す鍵になるはずなんだ」

昴は自信たっぷりに言うが、莉杏はうろたえた。

「祝福って言われても……今まで私、これって方法が分かってやってたわけじゃないの。お祈りするみたいにしたら祝福されていたっていうか……」

莉杏は不安をありありと態度に出し、昴を窺《うかが》った。よく考えてみればほかの《薔薇騎士》がどうやって武器を祝福しているのかさえ知らない。遼が《不死者》を灰にしたところを見たが、特に何かしているようには見えなかった。ブルーノに聞いておけばよかったと、今更ながらに後悔した。

「ほかの人ってどうやってるの？」

フレッドと昴なら何か知っているかもと思って聞いてみると、二人はうーんと唸《うな》り声《ごえ》を上げた。

「闘っている最中にそんなもの見てないなぁ。総帥は何か呪文《じゅもん》みたいなのを呟いているよね？」

フレッドが昴を仰ぐ。

「そうだな。ジョーは剣にキスしているし、ダンテは額に武器をかざしている。エドと

「ニールは分からん」

昴は莉杏の知らない《薔薇騎士》の名前を羅列して、一つ一つ思い出している。どうやら人それぞれ違うようだ。

「お祈りでいいからやってみろ」

昴に顎《あご》をしゃくられ、莉杏は氷に両手をつけた。ひんやりとした冷たさが肌に伝わってくる。

目を閉じて、この氷が祝福されるようにと祈った。

数秒経《た》って、そっと目を開けてみる。氷はわずかに溶けていたが、それだけだ。莉杏が手を離すと元通りかちんこちんに凍る。

「駄目だよ……」

莉杏が情けない顔で振り返ると、昴は励ますように莉杏の背中を押す。

「今ちょっと溶けた！　ずっと触ってろ！」

昴に促され、莉杏は仕方なくまた両手をつけた。確かに溶けていくが、ほんの少しずつで、しばらくすると指も手のひらも痛いほど冷えて、とてもじゃないが触っていられない。

「ハニーの手が真っ赤に！　ハッチ、ハニーの手がしもやけになったらどうしてくれるのさ！　ハッチは頭がいいんだからもっとほかの方法考えろよ！」

我慢している莉杏を見かねて、フレッドが強引に手を離してくれる。凍えて指がかじかんで動かなくなった。可哀相にとフレッドが一生懸命擦ってくれる。

「困りましたね」

山城も見かねて呟く。

一体どうすればこの氷を溶かすことができるのだろう。

途方に暮れて、莉杏たちは氷の塊の前に立ち尽くした。するとフレッドが回り込んできて、莉杏にウインクする。

「やっぱりここは定番のお姫様のキスなんじゃない？　ほら凍った心を溶かすのは、いつでもお姫様のキスだろ」

フレッドが茶化して言う。それを言うなら王子様のキスなんじゃないかと莉杏は思ったが、昴はひらめいたような顔つきで、「やってみよう」と頷く。

「キスって……えっ、本気で……？」

氷の塊にキスしろというのか。莉杏が恥ずかしさに躊躇していると、昴は熱のこもった目つきで迫ってくる。

「できることは何でもやってみるんだ。そのうちヒットするかもしれないだろ？　祝福するつもりでここに。ほらほら」

昴がぐいぐいと莉杏を氷の塊に近づける。調子に乗ってフレッドにまで押された。莉杏は慌てふためき、二人を押し返した。

「分かったから、もう！　やってみるから！」

大声で叫ぶと、莉杏は憮然《ぶぜん》として氷の塊の前に立って深呼吸した。

――この氷が祝福されますように。

莉杏は氷に手をつくと、祈りを込めて唇を近づけた。他人の見ている前でこんな真似《まね》をするなんて、顔から火が出そうだ。

唇が氷に触れた瞬間、びりっとした強い電流のような何かが莉杏に流れた。驚いて身を離すと、莉杏が口づけた場所から、氷がすごい勢いで溶けていく。

「やった！　……の、か？」

「えっ、ちょっ、マジで！」

昴とフレッドが驚愕《きょうがく》したように叫ぶ。山城は悲鳴のような声を上げて、壁際まで下がった。氷はあっという間に形を変えていく。それと同時に、奥から矢のような光が差し始める。

氷が溶けると、光が何かに引っぱられるように上がってくる。ぐんぐん近づいてきて、光は大きくなっていく。眩《まぶ》しい白光が飛んできて、莉杏は思わず目を閉じてしまった。次に目を開けた時には氷はすっかり消え、宙に光の珠《たま》が浮かんでいた。夜空の星みたいだ。けれど、それは空の星よりも大きな光で部屋全体を眩しいほどに照らしているのだ。

莉杏がおそるおそる手を伸ばすと、手の中に金色の半円形の何かのかけらが下りてくる。丸みを帯びたかけらには、見たことのない不思議な文字が書かれていた。

莉杏はそれを両手で包んだ。

――ふいに脳裏にすさまじい量の映像と音、感情が流れ込んでくる。

(……っ⁉)

莉杏は感じたことのない感覚に、かけらを落としそうになった。

立っていられないほど激しい記憶の洪水が脳を支配する。一瞬にして莉杏の意識は別次元へと飛んだ。

7　在りし日の記憶

抜けるような青い空、見渡す限りの緑の草原が目の前に広がっていた。

風は心地よく、肌に感じる日差しは暖かい。小さな男の子ともっと小さな女の子が手を繋《つな》いで笑いながら走っている。三歳くらいだろうか、女の子は長い黒髪をなびかせて細い手足で一生懸命走っている――ピンク色の可愛《かわい》いワンピースを着ていたが、細い足が露《あらわ》になるほどだ。何が楽しいのか幸せいっぱいの笑顔で、ときおり男の子に身体《からだ》をぶつけてはいっそう大きな笑い声を響かせる。転んでしまうのではないかとハラハラしていると、案の定、女の子は草に足をとられてしまう。つられたように手を繋いでいた男の子もひっくり返り、二人して草むらに転がる。女の子は泣くかと思ったが、転んだことさえ楽しいらしく、きゃっきゃっと笑って男の子に抱きついた。

(あれは……私だ!)

莉杏《りあん》は自分の見ている少女が、かつてマルタにいた頃の自分だと気づいた。脳の奥深くで眠っていた記憶――だとすれば隣にいる男の子は……。

「もうリアン、僕まで転がっちゃったじゃないか！」

リアンの笑いがうつったように、男の子は腹を抱えて笑っている。白い肌、大きな黒い瞳、十歳くらいの巻き毛の少年――莉杏はそれが兄のアンリだと分かった。

「リアンが転んだら、アンリも転がらなきゃダメなの！」

アンリに抱きついて、莉杏は主張している。

「何だよ、それ」

アンリは莉杏に文句を言っているが、その声や態度、表情、どれをとっても莉杏に対する愛情があふれている。莉杏は涙がこぼれそうになった。

草原の向こうから、別の少年が現れた。

「おーい、アンリ！　リアン！」

赤毛の活発そうな少年は大きく手を振って、草原を走る。そのスピードは野生動物のように速い。あっという間に兄妹の前にやってきて、明るい笑みを浮かべる。

「ヒューゴ、今日はどこへ行く？」

アンリが少年に話しかけ、軽くハイタッチする。小さな莉杏もやろうとしたが、ヒューゴはそっと手を伸ばして触れるだけだ。少年のヒューゴはまだ力の加減ができないから、莉杏と触れる時は壊れ物に触れるみたいに優しくする。ヒューゴは小さな莉杏を愛《いと》しげに見つめると、肩車してくれた。

小さな莉杏はヒューゴが大好きだった。おんぶしてすごく高い場所までジャンプしてくれるし、長い距離も信じられない速さで走れる。何よりもヒューゴといると安心して、いつまでもくっついていたいと思うのだ。父のブルーノは、それはヒューゴが《守護者《ガーディアン》》だからだと言う。《守護者》が何か、幼い莉杏には分からなかった。だけど、おとぎ話に出てくる騎士みたいなものだと教えられて、嬉《うれ》しくなった。

「街にサーカスが来てるんだ。見に行かないか?」

ヒューゴが莉杏を肩に乗せてぐるぐる回りながら提案する。アンリはすぐさま指を鳴らし、いいねと賛成した。莉杏はヒューゴの首を絞める勢いで、「アタシも行く!」と叫んだ。二人は時々、莉杏を置き去りにする。今日はアンリが夕方まで遊んでくれる約束なのだ。約束は守ってもらわないと。

「しょうがないな、リアン。あまり遠出はするなって言われてるんだぞ、父さんと母さんに内緒にできるか?」

「できる、できる!」

莉杏は嬉々《きき》として叫んだ。じゃあ三人の約束だと秘密の誓いを立てた。日本人である母から習ったやり方で、小指を使って指切りするのだ。約束を破ったら針千本を飲まなきゃいけないなんて、母の祖国は恐ろしい国だ。小さな莉杏は指切りが少し怖かった。

「よし、決まり」

ヒューゴはそう言うなり、莉杏を肩に乗せたままアンリを左手で小脇《こわき》に抱えた。アンリはナマケモノみたいにヒューゴにぶら下がっている。

「行くぞ」

ヒューゴのかけ声を合図に、莉杏たちは風のように草原を突っ切った。ヒューゴは子どもだけど、大人を数人持ち上げられるほど力持ちだ。車よりも速く走るヒューゴ号に乗って、莉杏たちは歓声を上げた。

街までひとっとびで向かうと、莉杏たちはサーカス団を探した。莉杏はヒューゴに肩車をしてもらいながら通りを歩いた。道路のあちこちにサーカスのポスターが貼《は》ってある。白塗りの顔に赤い鼻、派手な服を着た何かが載っている。

「これなぁに？」

並んで歩いていたアンリが、「ピエロだよ」と答えてくれる。

「ピエロっていうんだぁ」

莉杏は変な顔をしているピエロが面白くて大きな声で笑った。

「あっ、ピエロ！」

莉杏はヒューゴの赤毛をぎゅっと握って声を上げた。大通りの向こうから、ピカピカの衣装を身にまとったピエロがやってくる。陽気な音楽が流れていた。ピエロだけではない、豊満な胸を見せつけるような衣装を着た女の人や、歩きながら火を噴く大男、一輪車で器用にくるくる回る青年、腹の太ったハンプティ・ダンプティまでいる。音楽隊も一緒で、周囲は一気に華やかになった。

「今夜はサーカスを見よう！　とっても楽しいよ！」

ピエロはビラを配り、通りにいる人に陽気に話しかけている。莉杏たちは急いでピエロに駆け寄った。ピエロは莉杏たちに気づいて、ビラを差し出す。

「可愛いお嬢ちゃん、お坊ちゃん、ご両親に頼んでサーカスを見に来よう！」

ピエロはおどけたしぐさでそう言い、莉杏にウインクした。ピエロの口角は耳のほうまで上がっていて、笑っていなくても笑っているように見える。何だか急に怖くなって莉杏はヒューゴの頭にしがみついた。

ふとピエロの目が莉杏を見据えてきた。それはほんの数秒だったが、莉杏はピエロの瞳《ひとみ》に吸い込まれそうになった。ピエロの目は何故か怯《おび》えたようにきゅっと細くなった。

「何かやって！　ピエロ、何かやってくれよ！」

アンリは物おじせずにピエロの蛍光色の衣装を引っぱってねだる。

「いいとも」

ピエロは莉杏からふっと視線をそらすと、ポケットから三色のボールをいくつも取り出した。そして道端でジャグリングを始める。周囲からわぁっと歓声が上がり、アンリもヒューゴも、すごいすごいと夢中になって見ている。莉杏はピエロの笑っていない目が怖くてそっぽを向いていた。どうして皆、気づかないのだろう。ピエロはさっきからちっとも楽しそうじゃない。顔にペイントされた口が笑っているだけで、本当の口はにこりともしていないのに。

「会場は教会のすぐそばだよ。皆おいでね！　お嬢ちゃんにはこれをあげるよ」

ひとしきりジャグリングを披露すると、ピエロは莉杏にジャグリングのボールを差し出してきた。莉杏は迷いながら、おずおずと手を伸ばした。ピエロはすっと距離を縮め、あのもの言いたげな瞳で見つめてくる。

「あなたは……私が探していた少女か？」

ピエロは莉杏だけに聞こえるような声でそっと問いかけてきた。莉杏がぽかんとすると、ピエロは一瞬感極まったように目を閉じ、優雅にお辞儀をして行ってしまった。その時、アンリとヒューゴは火を噴く男に目を奪われていた。

ピエロは何だか怖かったけど、一番後ろにいたゾウは莉杏を有頂天にさせた。大きな身体、長い耳、太い足、歩くたびに尻尾《しっぽ》が揺れている。頭に飾りをつけて歩く姿は、莉杏には夢の中の生き物のように見えた。ゾウを引っぱる男はインド人みたいな格好で頭にターバンを巻いている。

「リアン、あれに乗りたい！」

ヒューゴの肩から落ちそうな勢いで叫ぶと、アンリに「子どもは駄目駄目！」とからかわれた。

サーカスの一団は、その場にいた人々の視線と関心を集めた。その分、彼らがいなくなると物悲しげな雰囲気さえ漂う。

「見に行きたいなぁ！　父さんにお願いしてみようか」

ヒューゴはアンリと顔を見合わせ、興奮して話す。アンリは帰ったらすぐ頼んでみると何度も繰り返した。

――風景が一転して変わり、どこか雑木林のような場所が見えた。

薄暗く、寂しい場所だ。人けはなく、変な声で鳴く鳥の声と、何かが木々を移動しているのか枝葉が揺れる音がする。先ほどの映像は春っぽかったが、今度は冬のようだった。小さな莉杏もアンリもコートを着ている。

アンリは白い息を吐きながら、木々の間に立っていた。その手には、莉杏の小さな手が握られている。

そして、二人の前には、跪《ひざまず》くピエロの姿があった。

こんなもの寂しい場所には不釣り合いな、派手な衣装のピエロが、まるで王様に傅《かしず》くように頭《こうべ》を垂れて、アンリと莉杏の前に膝《ひざ》を折っている。

「それは確かなのか？」

アンリは子どもとは思えない厳しい面持ちでピエロを睨《にら》みつけるように見下ろしてい

る。莉杏は寒さと得体の知れない恐怖に震えて、アンリにしがみつく。

「どうか、私を信じてください。私はメッセンジャーでしかありませんが、真にあなたがたをお助けすると誓った者です」

ピエロは低い声で静かに告げた。

アンリは拳《こぶし》を震わせ、泣きそうな顔をした。その目が莉杏に注がれ、きつく抱きしめてくる。

「リアン、心配しないで。僕が必ずお前を守るよ」

アンリは幼いながらに決意を秘めて宣言した。莉杏はぎゅっとアンリの背中に手を回し、潤んだ目を向けた。

「お前の名前は僕が考えたんだ。アンリとリアン、離れていても一つだという願いを込めているんだよ。だから悲しまないで。僕たち、どれだけ離れても大丈夫だろ？　ほら、あれがあるからね」

アンリは莉杏に微笑《ほほえ》み、頬《ほお》を撫《な》でた。

そうだ、私たちにはあれがあるから大丈夫だ。

莉杏は大きく頷《うなず》いてアンリを見上げる。アンリは一気に何歳も年をとったように、大人びた佇《たたず》まいでピエロを見つめた。

「僕を子ども扱いしないでくれ、ちゃんとやってのけるさ」

アンリはそう言うと、莉杏の手を引いてピエロに背中を向けた。ピエロは無言で莉杏たちが去っていくのを見守っている。莉杏はやっぱりピエロの顔が怖くて、アンリにしがみついていた。

「あの人なぁに？　何を言ってたの？」

幼い莉杏はピエロとアンリの会話が理解できなくて、たどたどしく問いかけた。アンリは見たことのない怖い顔で雑木林を抜ける。

「リアンは分からなくていいんだよ」

大人びた目でそう告げるアンリは、莉杏に何も語ってくれない。莉杏はそれが不満だったけれど、戻ってピエロに質問するのはもっと嫌だった。

——画面が再び変わった。

先ほどと同じ雑木林だが、季節が違うのが葉の色で分かった。青々とした葉をつけた木々が並んでいて、春の装いだ。

女性の悲鳴と号泣が聞こえてきた。

幼い莉杏の目の前で、まだ若い母が奇妙なものを抱いて泣いていた。黒っぽい、焦《こ》げた臭いのする人形だ。地面に無造作に転がっていたそれを抱きしめて、母は泣きじゃくっている。ブルーノが「お前は見てはいけない」と莉杏の目を覆った。

「何という悲劇だ」

「信じられない」

「誰がこんなむごいことを……」

 黒い人形の傍にいる大人たちが声を潜めて囁いている。莉杏が人形と思ったそれは、子どもの焼死体だった。顔は黒く焼け焦げ、誰なのか分からない。衣服も髪もちりぢりだ。かろうじて分かるのは、シャツのすそが白ということとズボンの色がカーキということだ。それに青いスニーカー。

母は錯乱した様子でアンリの名前を呼び続けている。まるでそれがアンリだとでもいうように。

「どうしてママは泣いているの？」

ブルーノの胸に顔を押しつけられながら、莉杏は聞いた。母だけではなく、ブルーノもつらそうで、小刻みに身体を震わせている。莉杏を抱きしめる力がいつもよりずっと強いのは、ブルーノが荒波のように高ぶる感情を必死に抑えようとしているからだ。

そういえばあの黒い人形は、アンリの服を着てアンリの靴を履いている。

莉杏は泣き続ける母を不思議そうに見つめた。

でもあれはアンリじゃないのに。

ブルーノの胸に抱かれながら、莉杏は内心そう思った。

ブルーノは莉杏を近くにいた友人のミカエルに預けると、母に寄り添い、抱きしめる。

「私のアンリが……私のアンリが……」

母は黒い人形を抱きしめて、狂ったように叫んだ。ブルーノは母と黒い人形をたくましい腕の中に包み込み、悲しみを受け止めている。莉杏はそれはアンリじゃないよと伝えようとした。

その時、人垣の中に、ピエロの姿を見つけた。ピエロも痛ましそうに母を見ている。

「ピエロがいる……」

莉杏はミカエルの腕を引き、呟いた。ミカエルは小さな指が差すほうを見た。

「ピエロ？　どこにもいないよ、そんなものは」

ミカエルは莉杏が示した場所を見たのに、ピエロはいないと言う。あんなに目立つのに、ミカエルにはピエロが見えないのだ。莉杏はますますピエロが怖くなった。

「あっちに行って、ブルーノたちが落ち着くのを待とう」

ミカエルは莉杏の身体を抱き上げると、雑木林を離れて道路沿いに停《と》まっていた車に連れていった。サイレンの音が聞こえて、警察の車が何台もやってくる。莉杏がぼんやり警察の車を見ていると、ミカエルは「難儀なことだ……」と暗い目つきで呻《うめ》いた。ミカエルはブルーノの友人だ。眼帯をつけていつも不機嫌そうに見えるけど、海賊みたいでかっこいい。今は不機嫌というより、どこか痛いのか苦しそうに見える。

莉杏はミカエルの車の助手席に座った。ミカエルは疲れたように運転席に座り、額に手を当てている。

「君が預言をしてから、いいニュースがないな。君は知らないだろうけど、君にはとてつもない価値がつけられているんだよ。我々の組織が弱体化している今、それは喜ぶべきことなのに、私は喜べない。アンリの死は、何を意味するのか……。世界の命運は君の肩にかかっているんだ。こんな小さな女の子である君に……」

ミカエルが何を言っているのか、幼い莉杏には理解できない。莉杏はポシェットの中に入れていたビー玉を取り出して眺めた。アンリがくれたものだ。きらきらしてずっと見ていても見飽きない。ブルーノの瞳みたいに綺麗《きれい》な青いビー玉が一番好きだ。

「リアン、地球のへそってどこなんだい。ミカエルおじさんに教えてくれないか？」

ビー玉を見つめていた莉杏に、ミカエルが不自然な軽さで聞いてくる。地球のへそ？地球におへそがあるなんて笑っちゃう。

「なぞなぞ？　うーん、地球の頭はお空でしょ、足は地面ね。じゃあ、おへそは……お山かなあ？」

莉杏は一生懸命、考えた。けれどミカエルはがっかりしたように頭をふり、シートに背中を預ける。

「預言をする時以外は、ふつうの子どもか……」

莉杏はそんなミカエルの態度になんとなく傷つき、再びビー玉を見つめた。ビー玉を通すと世界がぐんにゃりして見える。きっとこの先は違う世界に繋がっているんだ。アンリは向こうの世界に行ってしまった。莉杏も連れていってほしかったのに、それは駄目だとアンリは許してくれなかった。

莉杏はアンリの姿を求めて、ビー玉を見つめ続けた。

8　夢の案内人

莉杏《りあん》は夢から醒《さ》めたように、身体《からだ》を大きく揺らした。

我に返って、手の中にあるものを凝視する。氷の塊《かたまり》から飛び出して、莉杏の手の中に落ちてきた光——昴《すばる》とフレッドがわっと莉杏を囲む。山城《やましろ》はぽかんとしている。

「すごい、やったな、莉杏！」

昴は興奮して声が裏返っている。

「リアン、すごいよ！　やっぱり君は特別な子なんだね！」

フレッドは熱狂して莉杏の肩を揺さぶる。

このかけらが聖杯のかけらだというのは疑いようもない。触っている莉杏の全身を包み込むように光っている。持っているだけで鳥肌が立ち、神々しさに畏《おそ》れ多《おお》くなる。

それに——、このかけらを手にしたとたん、失われていた記憶の一部が甦《よみがえ》った。思い出してみれば、どうして今まで忘れていたのか信じられないほど、懐《なつ》かしい情景だった。

幼い頃、アンリと一緒に草原を転げまわって遊んだ日々。《守護者《ガーディアン》》であるヒューゴの背中に乗って、チーターのように駆けた記憶。それからアンリの焼死体が発見された日のこと。

　聖杯のかけらは、莉杏に記憶のかけらをもたらした。

　もっとも記憶が戻ったといっても一部だけで、莉杏は幼かったこともあり、意味がよく分からないことばかりだ。それでも分かったことがいくつかある。遼《りょう》はアンリではなかった。ブルーノは否定したが、まだ心のどこかで遼はアンリなのではないかと思っていたのだけれど、過去の記憶をとり戻したことでその疑惑は払拭《ふっしょく》された。アンリの顔立ちは彫りが深く、一目でヨーロッパ系だと分かる。

　それから焼死体を見て、周囲の人は皆アンリの死体だと疑っていないのに、莉杏だけは違うと確信していた。どうして確信していたのかは分からないが、莉杏はアンリが死んだとは露ほども思っていなかった。

　アンリはあの雑木林でピエロと謎《なぞ》の会話をしていた。あのピエロは何者だろう？　莉杏の夢によく出てくるピエロと同一人物なのだろうか？　それとも別人？　着ている服は似ていたが、ピエロは皆同じような服を着ているものかもしれない。

　これも聖杯がもたらすという奇跡の一つなのだろうか。

「リアン？」

　興奮しているフレッドと昴と異なり、莉杏はずっと無言だった。フレッドにどうしたのかと聞かれ、莉杏は過去の映像が見えたことを話した。

「どんな内容だったんだ？」

昴は顔を引き締めて聞いてくる。何から話せばいいのか分からなくて、莉杏は逡巡《しゅんじゅん》した。

「幼い頃、アンリとヒューゴと遊んだ記憶……。それからアンリの死体が発見された日の記憶……」

ピエロのことを話すべきかどうか分からず、莉杏はゆっくり言葉を選びながら言った。

（待って、そういえば遼にぃはピエロに心当たりがあるようだった）

ふいに胸騒ぎを覚えた。ピエロのことを語った時、遼は青ざめた顔で「もう死んだはずだ」と言った。遼もあのピエロを知っている？　だとしたらヒューゴも知っているのでは？　莉杏はヒューゴにピエロのことを聞きたくてたまらなくなった。だが今はこの聖杯のかけらを薔薇騎士団《ばらきしだん》へ持ち帰らなければならない。

「何か包むものがないかな？　光って目立つよ」

莉杏はかけらをどうすればいいか分からず、皆を見回した。今やこの地下貯蔵庫は懐中電灯がなくても十分明るいのだ。不思議なことに氷が溶けて大量の水があってもいいはずなのに、水は蒸発したかのように消えてしまい、地下には深い穴があるだけだ。莉杏が途方に暮れると、山城は袂《たもと》からハンカチを取り出して莉杏に渡した。

「これをお使いください」

莉杏は感謝してハンカチを借りると、それで聖杯のかけらを包んだ。藤色《ふじいろ》のハンカチに包まれ、光がようやく薄まる。

「……こんなことを目にするとは」

山城の莉杏を見る目が先ほどまでとぜんぜん違う。崇拝の念が込められた眼差《まなざ》しに、莉杏は居心地が悪くなった。

ひとまず地下を出ることになり、莉杏たちは階段を上った。

地上に出ると、昴はがぜん張り切って、スマホを取り出すなり薔薇騎士団に連絡を入れている。聖杯のかけらが見つかったと伝えると、電話の向こうからゲイリーの「神よ!」という感極まったような声が聞こえてきた。

「ゲイリーはすぐ帰ってこいと言っている」

昴はスマホから耳を離し、にやりとする。

「実物見たら、昇天しちゃうんじゃないの?」

フレッドはおかしそうに笑っている。

「山城さん、後日ご挨拶《あいさつ》とお礼に伺います。今日のところは失礼します」

昴は山城に深々と頭を下げると、莉杏に帰宅を促した。莉杏とフレッドも頭を下げて、山城に厚く礼を言った。

一刻も早く帰って、皆にこの聖杯のかけらを見せたい。

莉杏は聖杯のかけらを自分が持っていると思うと不安でたまらなくなり、何度も昴とフレッドに「持ってもらっていい？」と聞いたが、フレッドにはぶるぶる首を振られ、昴にはハンドルを握るほうがいいと拒否されてしまう。

聖遺物のかけらを持っていると思うだけで緊張が募る。

車に乗り込み膝《ひざ》の上にハンカチを守るように持ちながら、莉杏は少しでも早く屋敷についてほしいと切実に思った。帰りの車中のラジオで、富士山の噴火兆候が収まってきたというニュースを聞いた。これは偶然なのだろうか。

「聖杯のかけらってミラーボールみたいだね」

ともすれば緊張で息詰まるような帰り道、フレッドがそんなふうに比喩《ひゆ》して、明るい笑いをもたらした。

薔薇騎士団の屋敷では、メンバーが総出で待っていた。ゲイリーを筆頭に、アーノルド、夏目《なつめ》、悦子《えつこ》、クリス、ロン、シルビアがファサードに立って、今か今かと待ちわびていた。

　車から降りた莉杏が大切そうに手にしているものが聖杯のかけらだと分かったのだろう。

「リアン、見せてくれ」

　応接間に入るや否《いな》や、ゲイリーはいつもの落ち着いた態度が嘘《うそ》のように、手を震わせて莉杏に頼む。皆に囲まれるように立っていた莉杏は、テーブルの中央にハンカチを置いた。ハンカチを広げると、隙間《すきま》から光がこぼれていく。

「おおお……」

　ハンカチの中央にある金色のかけらを見て、誰もが感嘆の声を漏らした。聖杯のかけらは莉杏の手のひらサイズのものだが、黄金のように光り輝いている。

「莉杏が奇跡を起こしたんです」

　昴が山城の屋敷の地下で起きたことを語り、誇らしげに言う。莉杏は大げさだと思ったが、ゲイリーは感激したように手を握ってきた。

「リアン、君はやはり我らの命運を分ける子……、まさか我々のもとに一部とはいえ、聖杯のかけらが戻ってこようとは……」

　ゲイリーは目を潤ませて莉杏を抱きしめる。

「すごいよ、莉杏。このかけら、何だか神々しくて触れられない」

　夏目は聖杯のかけらを眩《まぶ》しそうに見つめ、瞬《まばた》きを繰り返す。

「まさに神のお導きです。伝説と化していたものを自分の目で見る日がこようとは……。これも神の思《おぼ》し召《め》しなのでしょうか」

クリスは胸の上で十字を切り、聖杯のかけらに祈りを捧《ささ》げている。

「こんなに早くかけらの一つが見つかるなんてすごいわ」

シルビアは神々しさに打たれたように聖杯のかけらを遠巻きに見ている。

ロンは顔を赤らめて莉杏の手をとる。

「惚《ほ》れ直《なお》した、リアン、結婚してくれ」

「ロン、自分の歳《とし》を考えて！」

ロンの冗談にフレッドは本気で怒って莉杏から遠ざける。

「スゴーイヨ、リアン」

アーノルドは拍手して莉杏を褒《ほ》めた。莉杏は聖杯のかけらをやっと手放せて、肩の荷が下りた気がした。

「リアン、一つ試したいことがある。聖杯のかけらを両手で持ってみてくれないか？」

ゲイリーに言われて、莉杏は聖杯のかけらを両手で持った。すると信じられない現象が起きた。かけらの窪《くぼ》まっている部分にふつふつと液体が湧《わ》いてきたのだ。

「おお……。まさしく本物の聖杯のかけらだ。しかも、奇跡の力をとり戻している。薔薇騎士団に遺されていた記録によると、聖杯は力を失ったとあったのだ。それが、リアンが預言した通り、聖杯が甦ったのだ。聖杯はたとえかけらとはいえどんな怪我《けが》や病気をも治す液体を生み出すと言われている。ひょっとしたら、ブルーノの身体の毒も、これで治せるかもしれない」

聖杯に湧く液体で、ブルーノの身体に残る《不死者《アンデッド》》の毒を消し去ることができる……そんなことがあるのだろうか？

莉杏たちはすぐにブルーノが収容されている施設へ急いだ。

あのあと、試しにフレッドが両手でかけらを持ってみたが、どうしてか窪みに溜《た》まった液体が蒸発してしまう。どうやらこの聖杯のかけらは莉杏が手にした時だけ、液体を生むようだ。

車にはゲイリーとフレッド、昴、莉杏が乗り込んでいる。莉杏は聖杯を入れた小さな箱をしっかりと持っていた。持ち運びしやすいようにと、ゲイリーが箱を用意してくれたのだ。車の運転をしているアーノルドは緊張して安全運転を心がけている。

期待と不安が入り交じる中、施設につくと莉杏たちはまっすぐにブルーノの枕元《まくらもと》に集まった。ブルーノは青白い顔で莉杏たちを迎えると、莉杏の手にあるものに強い視線を注いだ。ブルーノは莉杏が何を持ってきたのか瞬時に理解したようだ。

以前は開けてもらえなかった強化ガラスのカプセルが開き、拘束され横たわっているブルーノに直《じか》に触れることができる。ブルーノは莉杏を愛《いと》しげに見つめた。

だ。

「リアン、とうとう見つけたのか」

ブルーノに熱っぽく言われ、莉杏はこくりと頷《うなず》いた。箱から聖杯のかけらを取り出すと、病室に光が満ちる。莉杏は聖杯のかけらを手にとり、ブルーノが治りますようにと祈った。皆が注目する中、窪みに液体が溜まり、莉杏はそれをブルーノの口に注ぎ込んだ。

液体がブルーノの口に流れ込んだとたん、目に見えて変化が現れた。どす黒かったブルーノの両足がみるみるうちに綺麗《きれい》になっていったのだ。爪先《つまさき》まで覆っていたどす黒さがあっという間に消えて、生まれたての赤ちゃんの肌のような色になる。

「奇跡だ……!!」

ゲイリーが高らかに叫んだ。ブルーノも驚嘆している。

「腰から下の感覚がまるでなかったのに……。もう平気だ、拘束を解いてくれ」

ブルーノに指示され、白衣姿の井上が慌てて拘束を解く。ブルーノは両腕を伸ばし、素足を床につけて立ち上がると、自信に満ちた笑顔を莉杏に向けた。

「父さん！」

莉杏は聖杯のかけらをゲイリーに渡すと、ブルーノに抱きついた。ブルーノはしっかりと莉杏を抱きしめ、愛しげに見つめる。

「お前のおかげだ。ありがとう」

すっかり元気をとり戻したブルーノは、莉杏の髪に口づけ、笑顔を見せてくれる。フレッドと昴はよかったと喜び合って、ハイタッチしている。

莉杏は《不死者》の毒が消えたブルーノを見て、期待に胸を膨らませた。

「恵美《えみ》もこれで治らないかな？　ここにいるんでしょ？」

ゲイリーを振り返り、そう尋ねる。以前《不死者》に襲われてから、ずっと隔離されている恵美を、聖杯のかけらがもたらす奇跡で救いたいと思ったのだ。ゲイリーにやってみるといいと言われ、莉杏は急いで恵美が収容されている五階へ向かった。

五階は《不死者》の毒に侵された者の中でも、特に危険な状態の者が治療を受けており、警備も一番厳しかった。何重ものセキュリティがかかった扉を潜《くぐ》り、少量の爆弾程度では破壊できないという頑丈な壁に覆われた一室に、恵美はいた。恵美は全身がどす黒くなっていて、目には生気がなく、生きる屍《しかばね》そのものだった。その肌は異様な黒さで、焼け焦げているようにも見える。おそらく《不死者》になって逃げ出すのを防ぐためだろう。両手両足だけではなく、首にも拘束具が嵌《は》められている上に、その口には舌を嚙《か》み切らないように口輪がされていた。さらにその上から鎖でぐるぐる巻きにされていて、到底人間に対する扱いとは思えない。恵美の姿に、莉杏は涙をこぼした。

（今、助けるよ）

莉杏は恵美の口輪を外した。恵美は口輪を外しても無反応だ。

莉杏はブルーノにしたように、聖杯のかけらに湧いた液体を、恵美の口に注ぎ込んだ。恵美の身体は氷のように冷たく、柔らかかった頬《ほお》は硬い岩のようだった。莉杏は元の恵美に戻りますようにと祈りながら液体を唇に流し込む。

液体はわずかに口の端からこぼれたが、その効果は絶大だった。真っ黒だった恵美の顔色に明るさが戻り、首から肩、肩から腕、手へと光が伝うようにどんどん肌の色が変化していく。まるで魔法のようだった。恵美の全身を覆っていた黒い影は、聖杯の力によってとり払われたのだ。

恵美が瞬きをする。

「う……」

恵美が呻《うめ》き声《ごえ》を漏らす。莉杏は恵美を覗《のぞ》き込《こ》んだ。意識をとり戻したのか、恵美の頭がわずかに動いた。そして莉杏を見つめる。

「莉杏……?」

かすかな呼びかけに、莉杏は力いっぱい恵美を抱きしめた。恵美の身体には熱が戻り、《不死者》を思わせる影は今やどこにもない。元の恵美に戻っていた。

「恵美、恵美、よかったぁ」

莉杏は恵美に覆《おお》い被《かぶ》さってそう繰り返しながら泣きじゃくった。人間として恵美をとり戻すことができたのだ。《不死者》として滅ぼさずにすむ。

もっとも《不死者》の毒はとり除けたものの、その身体はかなり衰弱していて、痩《や》せ細《ほそ》り、骨が目立っている。これから元の健康的な身体へ戻すため、治療していかなければならない。

「何だか怖い夢を見ていたみたい……」

恵美はまだ現状が把握できないらしく、泣きながら抱きつく莉杏にぼうっとした声で呟いた。

「絶望してもう駄目だと思っていたら、光が見えたの……。あれは莉杏だったんだね」

恵美の口元に弱々しいけれど懐かしい笑みが浮かぶ。莉杏は何も言えなかった。涙が頰を伝うばかりだった。

奇跡のような一日だった。

恵美を治したあとは、ほかの病室にいる《不死者》に穢《けが》された患者を次々と治していった。すべての人から毒がとり払われ、涙を流す者や、莉杏に抱きつく者もいた。絶望していた彼らの笑顔をとり戻すことができて、莉杏は心の底から嬉《うれ》しかった。

自分がこんなふうに人の役に立てるなんて思わなかった。莉杏は満ち足りた気分で聖杯のかけらに感謝した。ブルーノはもう一日だけ様子を見て検査をするらしいが、井上はもう大丈夫だろうと請け合ってくれた。拘束具が外されただけでも、莉杏は一安心だ。

恵美は《不死者》に襲われたところまでは覚えていたが、その後の記憶が抜けているようだ。ごまかすことも可能だったが、莉杏は恵美には《不死者》の存在を知ってほしいと思った。莉杏がそう言うと、クリスが「私が説明しましょう」と言い出してくれた。神父であるクリスなら恵美を混乱させずに話すことができるのではないかと考えて、莉杏はその役目を託した。これまで面会が許されなかった恵美の両親もようやく面会が許可された。

屋敷では豪華な夕食が出された。ゲイリーはさっそくマルタの薔薇騎士団に連絡を入れ、この喜びを分かち合っている。マルタに戻っていたミカエルは、ブルーノの回復を喜んだものの、すぐに聖杯のかけらを見ることができないのを悔しがっていたとゲイリーは笑いながら莉杏に話した。

「ミセスヤマシロの母親のことは覚えている。日本人だったので、アキラとも親しかったんだ。彼女には手厚い礼をしよう。その辺はまかせてくれ」

ゲイリーは山城への礼を手配してくれた。

聖杯のかけらは、ひとまずこの屋敷の地下室に保管しておくことになった。いずれは本部のあるマルタに移すそうだ。そのほうが警備システムも確かだし、衛兵もいるので安全なのだろう。すでにゲイリーが自家用ジェットを使ってマルタに運ぶ手はずを整えているそうだ。

「リアン、君をねぎらいたい。何か欲しいものはないか。君が望むものを用意しよう」

ゲイリーは大盤振る舞いだ。莉杏はずっと考えていたことがあって、おずおずと口を開いた。

「だったら一つだけ、ヒューゴを自由にしてもらえませんか？」

莉杏の願いにその場が静まり返る。

「ヒューゴは《守護者》の能力を失っていないし、逃げようと思えばいつでも逃げられるのにあそこに留《とど》まっています。自由にしても同じだと思うんです。もちろんヒューゴがしたことには罰が必要だから、そのことについては父さんに叱《しか》ってもらわなくてはいけないけど」

薔薇騎士団は秘密結社なので、規則や信頼を裏切る行為は処罰の対象になるのだ。

ヒューゴはピエロを知っているのだろうか？　遼が言っていた「ピエロは死んだはず」という言葉の意味が分かるだろうか？　甦った記憶の中のピエロは、単なるサーカス団の一員とは思えなかった。アンリと話していた時の態度は、まるでアンリを《薔薇騎士《ローズナイト》》と知っていて、傅《かしず》いていたように見えたのだ。

それに……アンリは本当に攫《さら》われたのだろうか？　あの時のアンリの様子から判断する

と、攫われたというより自ら姿を消したのではないかと思える。そうでなければ離れても大丈夫なんて、別れる時のような言葉は使わないのでは？

（アンリはあれがあるから大丈夫と言っていた。あれって何？　小さい頃の私は分かっていたようだけど……）

　謎は増えるばかりだ。アンリは今どこで何をしているのだろう？　山城の家を訪れた謎の人物も気になる。ゲイリーはそれも調査すると言っているけれど、簡単には分からない気がした。

　一つずつこれらの謎を解いていくしかない。

「リアン、ヒューゴの件に関してだが、君の願いでもあるし、これから団員で話し合おうと思う。ブルーノの警護からは外されるが、団員から抹消されることはないと誓おう」

　ゲイリーはそう約束してくれた。シルビアは「不出来な弟をかばってくれてありがとう」と謝意を述べると莉杏を抱きしめた。

「この屋敷の警備をより厳重にする。警備員を増やし、新しい警備システムをとりつけるよう計らった。レオナルドは決して莉杏を諦《あきら》めないだろう。この屋敷を襲撃されることも想定して、万全の態勢を整えておく。マルタの守りを半分にしてもいいから、今はリアンと聖杯を守るべきだと判断した。ロン、君もしばらく日本に留まってくれ」

　ゲイリーは重々しく告げた。ロンは厚い胸板を叩いて、お任せくださいと頷いている。

聖杯を手に入れたこと、その力でブルーノたちが回復したことで興奮して浮かれていたが、莉杏はレオナルドのことを考えると不安になった。昴とフレッドが強いのは分かっている。ロンもまた頼もしい。ブルーノは明日には施設を出られる。夏目やアーノルド、シルビアは交代で《不死者》が現れないか見張るという。それでもなお、どうしても一抹の不安を拭《ぬぐ》い去《さ》れなかった。

皆が喜んでいる中、莉杏は一人だけ得体の知れない不安を感じていた。

その夜も不思議な夢を見た。

霧の中をさまよい歩く夢だ。あたり一面真っ白な濃い霧に覆われ、自分がどこにいるのか、どこへ向かっているのかもよく分からない。

莉杏は自分の意思とは別に動く足に違和感を覚えた。どうして私は歩いているんだろう？　不審に思って歩みを止めようとするのに、足は勝手に前に進む。

（私、そっちに行きたくない）

莉杏はぼうっとする頭で懸命に立ち止まろうとした。けれど足は自由にならないばかりか、思考さえ徐々に奪われていく。今考えたことが次の瞬間には消えていって、思考が定まらない。

霧はひどく濃くて、数センチ先さえ分からない。

おいで。

どこからか声が聞こえて、莉杏は声がするほうに足を向けた。

おいで、リアン。

芳《かぐわ》しい香りと、耳に心地よい優しい声。莉杏はどうしても声の主に会いたくて、声のするほうに行ってしまう。身体中が声の主を求めている。あの人の腕に抱かれて、すべてを任せてしまいたいと思っている。

目の前に、まぶしい光が現れた。これは何だろうと莉杏は手にとってみる。それは温かくて慈愛にあふれ、何よりも美しい光を放っていた。莉杏はそれを大事に抱え、声のするほうへと足を動かした。

「リアン、いい子だね」

いつの間にか声の主がすぐ傍《そば》にいた。その声を聞いたとたん、全身が歓喜に震え、足が速まった。霧で顔はよく見えないけれど、ずっと探し求めていた人にやっと会えた。そう思って、莉杏はうっとりする。

「私の聖女。聖杯のかけらを見つけたね」

莉杏の耳元で甘美な囁《ささや》きが聞こえる。莉杏は手に持っていた光を声の主に差し出した。

――その時、霧を切り裂くように鋭い声がした。

「莉杏！　そいつから離れろ!!」

「リアン、駄目だ!!」

よく知っている二人の声が莉杏の意識を覚醒《かくせい》させた。次の瞬間には、慣れ親しんだ腕に抱えられ、高く跳躍する。莉杏は焦って周囲を見渡した。

霧などどこにもない。あるのは闇夜《やみよ》と三日月、莉杏は薔薇騎士団の屋敷の近くの道路沿いの並木道で、フレッドの腕に抱えられていた。訳が分からなくて振り返ると、視線の先にもっとも会いたくない男の姿があった。

闇夜でも分かる綺麗なブロンドの長髪の男――黒い衣服に身を包んだ《不死者》の王、レオナルドだ。レオナルドの手には光り輝く聖杯のかけらがあった。薄い唇の端を吊《つ》り上《あ》げて、莉杏を見つめている。

「私……何⁉」

莉杏は現状が理解できず、悲鳴を上げた。昴が風のように走りレオナルドに蹴《け》りを食《く》らわす。レオナルドは片方の手で軽くいなすと、瞬時に繰り出される拳《こぶし》も次々と避《よ》けていく。

「リアン、君は……」

フレッドの目を見れば、何か異常が起きていることくらいすぐ分かる。莉杏はおぼろげな記憶が脳裏に甦り、血の気が引いた。さっき見ていた夢は、夢じゃなかった⁉　莉杏は聖杯のかけらが安置されている地下室に入り、聖杯のかけらを手にとった。そして薔薇騎士団の屋敷を出たのだ。レオナルドに渡すために――。

おそらく《不死者》の存在に気づいた夏目が報告し、昴とフレッドが追いかけてきたのだ。二人はレオナルドに攫われる前に莉杏を目覚めさせてくれた。

「私……私……」

莉杏は何故自分がそんなことをしたのか分からなくて、真っ青になった。大きく震える莉杏を、フレッドが安心させるようにきつく抱きしめてくる。とたんに莉杏は、悲鳴を上げた。

「せ、背中が……熱い、あ、つい……っ」

莉杏は仰《の》け反《ぞ》るようにして訴えた。フレッドの顔色が変わり、莉杏の肩に手をかける。フレッドの手が背中にかかると、焼けつくような痛みが背中にある。

「リアン、背中を見せてもらうよ」

フレッドが莉杏のパジャマをめくり上げる。

「背中に何か模様が浮き出ている……」

莉杏は怯《おび》えて肩越しにフレッドを見返す。フレッドは青ざめた顔で莉杏の背中を凝視する。

「どんどん消えていく……。クソッ、どうなってるんだ……!!」

フレッドは莉杏の背中を露《あらわ》にしながら、瞳《ひとみ》を怒りでぎらつかせた。レオナルドから逃げ延びた時、フレッドと昴に見せた背中には、何もなかった。けれど今は赤く刺青《いれずみ》のような痕《あと》が浮かんでいるという。

「わ、私……どうなってるの」

レオナルドは莉杏に何をしたのだろう。莉杏は全身をがくがくとさせた。霧の中にいた莉杏はレオナルドの声に応《こた》え、レオナルドを探した。信じたくないが、莉杏はレオナルドを欲していた。その姿を見ると心が歓喜に震え、何もかも捧げたいと思ったのだ。何故自分がそんなことを思うのかが分からなかった。

昴はレオナルドから聖杯のかけらを奪い返そうと攻撃を繰り出している。だが、レオナルドはそれをことごとく避け、身軽に近くの大木へ飛び移った。

「リアン、聖杯のかけらは確かに受けとった。だから、しばらく君を自由にしてあげよう。どちらにしろ、君はいずれ私のもとに戻るのだから」

優雅に一礼するとレオナルドは、身をひるがえした。昴が急いで後を追うが、その行く手を遮るようにレベル2の《不死者》が数体現れ、邪魔をする。遅れて駆けつけてきたロンが、昴に加勢する。

「フレッド、行かないで」

昴たちに加勢しようかと迷ったフレッドに、莉杏はすがるように訴えた。

一人になるのが怖かった。また無意識のうちにレオナルドを求めて危険な行動をとるかもしれない。すぐに屋敷から誰か来ると分かっていても、一秒でも一人になりたくなかったのだ。

「リアン……大丈夫、ここにいる」

フレッドが安心させるように莉杏を抱きしめ、もう何も感じなくなった背中を撫《な》でる。

莉杏はフレッドの腕の中で、小さな子どものように震えていた。

冷たい風が頬を嬲《なぶ》るたび、自分の犯した罪に怯えていた。

N.D.C.913　239p　15cm

花夜光（はなや・ひかり）
6月2日生まれ。ふたご座。犬好き。
趣味はワンコと遊ぶこと。

講談社X文庫

white heart

薔薇《ばら》の乙女《おとめ》は聖杯《せいはい》を抱《だ》く

花夜光《はなやひかり》

●

2015年8月3日　第1刷発行

定価はカバーに表示してあります。

発行者——鈴木　哲
発行所——株式会社　講談社
東京都文京区音羽2-12-21　〒112-8001
電話　編集　03-5395-3507
販売　03-5395-5817
業務　03-5395-3615
本文印刷—豊国印刷株式会社
製本———株式会社国宝社
カバー印刷—半七写真印刷工業株式会社
本文データ制作—講談社デジタル製作部
デザイン—山口　馨

ISBN978-4-06-286874-7